Benito Pérez Galdós

Episodios nacionales II
7 de julio

Barcelona **2024**
Linkgua-ediciones.com

Créditos

Título original: Episodios nacionales II. 7 de julio.

© 2024, Red ediciones S.L.

e-mail: info@linkgua-ediciones.com

Diseño de cubierta: Michel Mallard.

ISBN tapa dura: 978-84-1126-327-6.
ISBN rústica: 978-84-9007-286-8.
ISBN ebook: 978-84-9007-248-6.

Sumario

Brevísima presentación

La obra

7 de julio es la quinta novela de la segunda serie de los *Episodios Nacionales* de Benito Pérez Galdós.

En el año 1822, el gobierno liberal impuesto al rey Fernando VII a raíz de la sublevación de Riego se ve acosado a dos bandos tanto por absolutistas como por los radicales. Las fricciones entre la guardia y los milicianos son continuas, hasta que se produce una sublevación de la guardia rápidamente sofocada por las milicias ciudadanas. Como narra Galdós: «El rey era absolutista, el gobierno moderado, el congreso democrático, había nobles anarquistas y plebeyos serviles. El ejército era en algunos cuerpos liberal y en otros realista y la Milicia abrazaba en su vasta muchedumbre a todas las clases sociales.»

En medio de todos estos continuos altercados de unos y otros, nuestro héroe, don Salvador Monsalud, continúa protegiendo a la joven Soledad, la hija de don Gil de la Cuadra, conspirador absolutista a quien Salvador había salvado de la cárcel y de una muerte segura, a finales de la anterior novela *El Grande Oriente*. Soledad, «Solita», termina enamorándose del protagonista, el cual no le presta mucha atención, ya que la ve simplemente como una hermana; en cambio sí le interesa una antigua amante ya casada.

I

Parece que no ha pasado el tiempo. Todo está lo mismo. Ved la calle, la casa, los peces de colores nadando y revolviéndose con incesantes curvas en sus estanques; ved las jaulas de grillos colgadas en racimos a un lado y otro de la puerta; fijad la atención en la ventana de la escuela y oíd el rumor de moscardones que por ella sale. Nada ha cambiado, y don Patricio Sarmiento, puntual e inmutable en su silla como el Sol en el firmamento, esparce la luz de su sabiduría por todo el ámbito del aula. Lo mismo que el año pasado, está explicando la desastrosa historia y trágica muerte de Cayo Graco; pero su voz elocuente añade estas fatídicas palabras: «Terribles días se preparan. Roma y la libertad están en peligro.»

Entonces estábamos en febrero de 1821;[1] ahora estamos en marzo de 1822. Durante este año de anarquía, durante estos trescientos sesenta y cinco motines, la calle de Coloreros no ha experimentado variaciones importantes. Don Patricio no parece más viejo: al contrario, creeríasele rejuvenecido por milagrosos filtros. Está más inquieto, más exaltado, más vivaracho: su pupila brilla con más fulgor y la contracción y dilatación de las venerables arrugas de su frente indican que hay allí dentro hirviente volcán de ideas.

Cuando suena la hora del descanso y salen los chicos, atropellándose unos a otros, golpeando el suelo con sus pies impacientes y llenando toda la calle con su desaforado infierno de chillidos, payasadas y cabriolas, que afortunadamente duran poco, don Patricio limpia sus plumas, se arregla el gorro, para que ninguna parte de su cráneo quede en descubierto, y unas veces con la regla en la mano, otras con las manos en los bolsillos, sale al portal entonando entre dientes patriótica cancioncilla.

Si Lucas está en su puesto, padre e hijo hablan un rato antes de subir a comer. Otras veces don Patricio planta su pintoresca figura majestuosa en el umbral, mira al cielo, husmea la temperatura y dirección del viento, y, si sus remos se han entumecido, da un paseo hasta el arco de San Ginés, sentando los pies con fuerza y estruendo para que entren en calor. Algunas palabras sonoras salen de su pecho, mientras mira de nuevo el cielo, como si en la inalterable grandeza de este viera una imagen de la inmortalidad.

---

1   Véase *El Grande Oriente*. (N. del A.)

Un día don Patricio cantaba:
Para arreglar todito el mundo
tengo un remedio singular,
y es un martillo prodigioso
que a un nigromante pude hurtar.
Cuando pretendan los malvados
el despotismo entronizar,
este martillo puede solo
entronizar la libertad.

Una joven se acercó a él con intención de hablarle.

—Hola, madamita —dijo Sarmiento, deteniéndose junto a la puerta de su casa y echando las manos a la espalda—. ¡Cuánto bueno por aquí! Hoy ha venido usted tarde, y el pájaro ha volado.

—¿No está? —preguntó la joven con desconsuelo.

El semblante de la que se expresó de este modo no indicaba una salud perfecta, ni su vestido un bienestar mundano digno de envidia. Pálida y triste, Solita decía a todo el mundo, con solo mirar, que el año transcurrido había sido un fardo de bastante peso. Mas al mismo tiempo podía observar en ella quien supiera hacerlo, una firme resolución de resistir cuantas cargas le echara Dios encima, aunque tuvieran toda la pesadumbre imaginable. ¡Y en la forzosa modestia de su atavío había tanto anhelo de parecer bien, una decencia tan escrupulosa, una dignidad tan bien sostenida...! En suma, Solita sabía ser pobre, cualidad rara en todos los tiempos.

—No está —repitió con cierta displicencia Sarmiento, cual si quisiera mortificar a su antigua vecina—. Los hombres de ocupaciones no pueden estar todo el día en casa esperando a las niñas que van a buscarles.

—¿Sabe usted si ha ido ya a la oficina? —preguntó Soledad sin hacer caso de la grosera observación del maestro.

—¿A casa del señor duque?

—Sí señor. Aunque es temprano...

—Allí estará sin remedio.

—Pues voy. Muchas gracias, don Patricio.

La madamita partió, y Sarmiento, encarándose con su ilustre hijo que acababa de soltar la aguja para subir a comer, le dijo:

—Ahí tienes otra vez a la hija de cabra, a la niña del señor Gil, a esa loca y traviesa muchacha, visitando a nuestro don Salvador. Ya ha venido cuarenta veces en lo que va de año.

—Lo menos.

—Es una buena pieza. ¡Quién lo había de decir viéndola tan mortecina, tan suavecita, tan humildota que su voz parece música de los ángeles del cielo! Pero la miseria todo lo corrompe, y Solita no ha podido menos de entrar en el camino de la perdición para encontrar un pedazo de pan que ponerle en la boca al tunante de Cuadra. Justo castigo ¡vive Dios! de las ideas contrarias a la libertad de los pueblos... Subamos, hijo.

—Me da lástima de ese pobre señor —manifestó Lucas dando el brazo a su padre para ayudarle a subir.

—A mí no —repuso Sarmiento—. Si nos andamos con sensibilidades peligrosas, que lejos de amansar, dan mayores alientos a los enemigos de la patria, llegará un día en que se ensoberbezcan demasiado y se nos pongan por montera. Es preciso ser inexorables, es preciso que cerremos a la compasión mujeril nuestros corazones generosos. ¿Lo entiendes bien? Esto te sorprenderá, pues has visto siempre en tu padre la mayor mansedumbre y templanza; pero has de saber que los tiempos hacen a las personas, y yo soy un hombre que predica constantemente a sus amigos el rigor y la crueldad, porque estamos en días de exterminio, querido hijo, estamos en la alternativa de cortar cabezas o dejar que nos la corten...

—¡Pobre señor Gil! —repitió Lucas—. Yo no le creo capaz de cortar cabezas.

—¡Fíate del agua mansa!... ¡Chilindrón! Esos pícaros no escarmientan. Le viste reducido a prisión; le viste salvado de milagro; le viste errante por aldeas y despoblados; le ves al fin refugiado de nuevo en Madrid al amparo de Naranjo, otro bribón, para quien la horca no se ha levantado todavía, pero se levantará, se levantará, descuida... pues bien, ¿ves a Gil de la Cuadra arrinconado, miserable, enfermo, olvidado? Pues está conspirando.

Lucas manifestó sus dudas con una especie de gruñido.

—Tú eres un inocentón —dijo Sarmiento—. Como no tienes hiel, crees que todos son lo mismo. Pues sí; yo te aseguro que Gil de la Cuadra sigue conspirando. Pero vaya usted a decir esto a los amigos. Se ríen, le llaman a uno mentecato, soñador de conjuras, hombre oficioso que anda buscando el pelo al huevo. Añade a esto que el Ministerio del señor Martínez protege a todos los pillos absolutistas, y comprenderás si el alma de un patriota ferviente como yo puede estar dispuesta a los sentimientos dulces, a los fililíes de lastimillas y consideraciones. ¡Ay! —añadió dando un gran suspiro—. Si yo pudiera... Si yo pudiera decir un solo día: «¡hoy mando yo, y baje todo el mundo la cabeza!» ¿Sabes que es pesadita esta escalera? ¡Malditas sean mis piernas! Cualquiera me tomaría por un vejete achacoso al ver que no puedo subir seis escalones sin morirme de fatiga... Te digo, querido Lucas, que si llegara el día... puede que llegue... que si llegara ese día, verías a un hombre. No aseguro yo que no pueda ser, y otras cosas más raras se han visto. ¡Por la vida de la Chilindraina!... Figúrate tú que las cosas se arreglaran de modo que yo... ¡Caracoles! ¿pero cuándo se acaba esta escalera? ¡Pobres piernas mías y pobres pulmones míos!... En tal caso yo arreglaría fácilmente este desconcertado país, limpiándole de tanta mala sangre que hay en él... ¿Pero todavía quedan escalones? ¡Ah!... Gracias a Dios: ya estamos arriba... Pues, cortando cabezas y más cabezas... Bendito sea Dios ¡qué apetito tengo! A comer.

II

Solita, después de andar breve rato por las calles de Madrid llegó a casa del duque del Parque y penetró en las oficinas, que estaban en el piso bajo a la izquierda del portal o vestíbulo, cuadra tan ancha, que los coches de Su Excelencia podían dar la vuelta para detenerse ante la gran escalera principal. La joven conocía tan bien aquellos lugares donde se albergaba el personal administrativo de la casa, que no necesitó ser guiada ni menos anunciada por el portero. Penetró resueltamente y al final del oscuro pasillo empujó con suavidad una puerta y miró hacia dentro... Estaba.

—Entra, Solilla —dijo Monsalud riendo—. Entra y siéntate.

—¿Tienes mucho que hacer hermano? —preguntó la muchacha, corriendo a sentarse junto a la mesa en que Salvador escribía.

—No: puedes acompañarme un rato. ¿Y el señor Gil?

—Lo mismo. Le he dejado durmiendo. Siempre consumido de tristeza y cada vez más decaído. No hay duda que le atormenta la idea de quitarse la vida. Si yo no tomara tantas precauciones ya nos habría dado un susto.

Soledad hablaba con agitación. Sus mejillas ligeramente se coloreaban, mas no puede asegurarse si este fenómeno tenía por causa el cansancio o la satisfacción de verse allí, tan cerca de su antiguo vecino y amigo de siempre. Miraba a todos lados, demostrando interés cariñoso por los varios objetos de la estancia, desde el archivo que ocupaba un testero, hasta los cuadros viejos y malos, que cubrían el otro. Eran retratos desechados por carecer de condiciones artísticas, algunos paisajes a la flamenca, cacerías y también batallas absurdas en que se veían caballos muertos que parecían cerdos blancos, arcabuceros apuntando al cielo, culebrinas que vomitaban bermellón, y torres muy pulidas por cuyas almenas asomaban lindos arqueros empenachados con plumas de distintos colores.

A Sola le parecía hermosísimo aquel museo. Después que lo observó todo con claras muestras de placer infantil, fijó los ojos en la mesa y vio con sorpresa que no estaba, como otros días, llena de papeles amarillos y empolvados, de expedientes, cuadernillos, cartas y libros de asiento, sino hermosos volúmenes con canto de oro y finísimas pastas; vio también que su hermano tenía delante varios pliegos donde no había como otras veces grandes filas de números semejantes a ejércitos en disposición de entrar en batalla, sino renglones de prosa seguida y corriente.

—¿Qué estás haciendo? —preguntó Sola a su hermano con amable confianza.

—Para ti no hay secretos —repuso el joven separando la vista del papel—. Esto no es una cuenta, es un discurso que me ha encargado el señor duque.

—¿Un discurso?

—Sí; para pronunciarlo pasado mañana en las Cortes. Ya me falta poco —añadió tomando un libro y hojeándolo—. Veamos lo que dice Voltaire sobre este punto, porque has de saber que Su Excelencia quiere que en el discurso haya muchas citas y que en cada párrafo hablen por su boca dos o tres filósofos.

La muchacha se echó a reír, aunque no comprendía bien la gracia de aquella observación. Pero se había acostumbrado a ser eco fiel de las ideas y de las sensaciones de su hermano, y su hermano en aquella ocasión parecía contento. Al escribir un párrafo, mostraba con sonrisas y gestos, burlescos orgullo y satisfacción de sus dotes literarias.

En tanto Soledad, fijos los ojos en el semblante del confeccionador de discursos y en la mano con que escribía; apoyando sus codos en uno de los lados de la mesa, no cesaba de tocar, mover y dar vueltas a los objetos que más cerca tenía. Experimentaba la pueril necesidad de enredar que sentimos cuando en momentos de vagas contemplaciones y de serenidad de espíritu, cae algún cachivache bajo la acción de nuestras ociosas manos. Solita cogía un libro para volverlo a colocar por el otro lado; levantaba un pedazo de plomo destinado a cortar plumas, y con él tocaba cadenciosa-mente sobre la mesa una especie de marcha; acariciaba las barbas de una pluma rozándolas a contrapelo, y por último, tomando un lápiz hizo varias rayas y círculos sobre el forro de un cuaderno. ¡Extraña fuerza que hace describir a las manos acompasado vaivén, siguiendo el misterioso ritmo de las ideas!

—Vamos, atrévete a decirme que no sé hacer discursos —indicó Salvador jovialmente disponiéndose a leer—. Escucha y tiembla: «¿De qué sirve, pues, que un caudillo esforzado estableciera la libertad, si el Gobierno hace ilusoria tan gran conquista? ¿De qué sirven tanto penar, tan formidables luchas y el sacrificio de nuestro reposo, si con las cadenas rotas forja la perfidia nueva esclavitud?...» Pero dejemos estas tonterías y pensemos en otra cosa. Esta mañana estuve esperándote en mi casa, creyendo que irías por allá.

—Ya sabes que no puedo salir cuando quiero. Desde anteayer estoy proyectando el viaje; pero no he tenido ocasión hasta hoy. Una vez por semana me has mandado que te vea. Si dejo pasar diez días es porque no puede ser de otra manera.

—Ya tendrás falta de dinero. ¡Diez días y hombre enfermo en la casa!... —dijo Monsalud abriendo una gaveta.

—No, no —exclamó Sola vivamente, deteniéndole—, otro día me darás. Todavía tenemos.

—Ya le he dicho a usted, señora hermana —manifestó el secretario del duque con jovial gravedad—, que no me gustan remilgos. Hicimos un trato, un trato solemne. Yo había de darte todo lo que necesitaras, y tú habías de tomar lo que yo te diera. Yo soy el juez de tus necesidades; yo, como hermano mayor, soy quien te arregla las cuentas, quien te marca los gastos. Yo soy la autoridad, y tú, chiquilla sin fundamento, no tienes que chistar ni responderme ni hacer observaciones.

Diciendo esto sacó tres monedas de oro, y tomando la mano de Soledad las puso en ella. Doblole los dedos para cerrarle el puño, y apretándole suavemente, le dijo:

—¿Qué tienes que replicar?

Soledad abrió la mano, y llevándose las monedas a la boca las besó.

—Las beso —dijo—, como los pobres cuando reciben una limosna.

—¿Te avergüenzas de recibir esos ochavos de oro?

—No me avergüenzo, porque me los das tú, y me los das con el corazón —dijo Soledad bebiéndose una lágrima y dando un suspiro—. Eres para nosotros la prueba viva que Dios da de su bondad a las criaturas que no quiere abandonar. Rechazar tu limosna, responder a tu caridad con orgullo, sería ofender a Dios. Tu dinero, sea oro o cobre, es para mí el pan de cada día que se pide a Dios en el Padre nuestro, y que siempre nos cae del Cielo en una forma o en otra.

Después miró las monedas, y tomando dos las presentó a Salvador, diciéndole:

—Estas dos están demás. Con una basta. No debe haber prodigalidad ni aun en la limosna, porque otro pobre necesitará mañana lo que hoy me has dado a mí de más.

—Ya te dije la semana pasada —repuso Monsalud sonriendo—, que ese vestido que llevas, aunque no carece de decencia, está pidiendo sustituto.

—¡Qué tonto eres! Pues no faltaba más... Por tu vida, que estamos en situación de presumir. ¿Quieres que me vista de raso?

—No me gusta la gente mal vestida.

—Pero, hermano, te olvidas de una cosa.

—¿De qué?

—De que pido limosna. Soy más pobrecita que esas que por las calles alargan su mano flaca y piden por Dios. Si tú no existieras...

—Pero como existo... Me parece que no soy una sombra vana, como la libertad de que habla el discurso.

—Sí; pero comprar vestidos sería abusar de tu caridad. Trabajas mucho, trabajas como un esclavo para mantener a tu madre, para socorrernos a mi padre y a mí.

—Y todavía me sobra para dar a otros y para ahorrar. No creas, compraré una casa y una huerta donde pasar la vida solo y tranquilo. También pienso hacerte un buen regalo cuando te cases.

—Yo no compro vestido —dijo Sola vivamente y con ligera expresión de fastidio.

—Lo comprarás; te lo mando yo.

—Más adelante. Guárdame el dinero.

—No ha de ser sino ahora; lo deseo así. Recordarás bien la desgracia de tu padre. Había escapado de la cárcel, y huía por los campos sin amparo, sin sustento, sin esperanza. Os mandé venir a Madrid y, sin dar mi nombre, os proporcioné la entrada libre en esta villa. Tu padre, a causa del aborrecimiento que me tiene, no quiso ni que se le hablara de mí; pero tú, más generosa y más humana, corriste a mi lado, diciéndome: «Hermano, yo te perdono sin conocerlo el mal que has hecho a mi padre. Socórrenos; nos morimos de hambre.»

—Tú me dijiste entonces: «Hagámonos la cuenta otra vez de que hemos nacido de una misma madre, y acepta sin ofenderte una parte de lo que tengo.»

—Hicimos el trato. Esto ya no es limosna; es un deber mío, un deber de familia que cumplo como puedo. Me daría mucha vergüenza de vestir mejor que tú.

—¡Qué bueno eres! Dios te hizo y rompió el molde —dijo Soledad con profunda emoción—. Pero me ocurre otra razón para que guardes ese dinero y aplacemos lo del vestido.

—¿Cuál?

—Con el mejor fin del mundo yo estoy representando una comedia, que tú me has aconsejado; es decir, tú has sido el poeta y yo la actriz.

—¿Qué comedia?

—Yo le hago creer a mi padre que estamos cobrando todavía la pensioncilla de que antes vivíamos. No se le puede decir que pido limosna, y menos que tú me la das. Si llegara a comprender estos manejos, el pobre se moriría de pesadumbre.

—Engañas a tu padre. Esto es lícito alguna vez.

—Pues bien, caballero —añadió Sola con expresión de triunfo—, la pensión apenas daría para comer. Si mi padre me ve comprar vestidos y ponerme majezas, quizás pensaría algo malo de mí.

Salvador meditó un rato.

—En efecto —dijo al fin—. No había caído en eso.

—Ahí tienes el dinero.

—No: le dices a tu padre que has economizado; le dices lo que quieras, ¿sabes? —objetó Monsalud con impaciencia—; pero quiero verte mejor vestida. No debes atender demasiado a lo que piense tu padre, querida, porque el pobre viejo es demasiado terco. Ya ves cómo me trata. Es mucha saña la suya. Pero ya le amansaremos. ¿Sabes que el mejor día me presento en tu casa, le estrecho la mano y le propongo una reconciliación?

—¡Ah! —exclamó Soledad con tristeza—. No sabes bien cuánto te aborrece. Yo le he preguntado mil veces la causa y nunca me la ha querido decir. Ello será alguna cosa muy rara, alguna equivocación, quizás una tontería, porque creer yo que tú eres malo, no, no lo creeré jamás.

—Según lo que se entienda por maldad. Pero dime, ¿tu padre me nombra con frecuencia?

—¡Quia! Lo menos posible, aunque bien se le conoce que te tiene en el pensamiento. Yo lo comprendo así, porque me he acostumbrado a leer en su pensamiento de mi padre, y para obligarle a que me revele la causa de su odio, te nombro.

—¿Le recuerdas cuando éramos vecinos?...

—Y cuando iba yo a charlar con tu mamá.

—¿Y cuando le saqué de la cárcel de la Corona?

—Y todos los beneficios que nos has hecho y tu buen comportamiento y generosidad —dijo Solita exagerando con la voz y el gesto lo que expresaban las palabras—. Pero, hijo, el recuerdo de tus bondades le ensoberbece más... ¡Si vieras cómo se pone!... La única vez que me ha dicho términos malsonantes, amenazando pegarme, fue por ciertos elogios que hice de ti.

Díjome que eras un malvado, un perverso, un... ¡no puedo repetir aquellas palabrotas! Mi padre se equivoca; ¿no crees tú que se equivoca?

—Quizás no —repuso sombríamente Monsalud.

—Vaya, que tienes tú también unas rarezas... ¿Conque dices que no se equivoca en lo que piensa de ti?

—Digo que no lo sé.

—Si le oyeras repetir: «Ese hombre es un monstruo, hija mía; no te manches la boca nombrándole»; si le oyeras esto, dirías que ha perdido el juicio. ¡Desgraciado padre mío! Ayer mismo me dijo: «Si ves a ese hombre en la calle, huye, corre, no le mires, evita su presencia y su contacto como el de un reptil venenoso...» ¡Reptil venenoso nada menos, caballerito!... Y has de saber que tú manchas cuanto tocas. Todas esas gracias tienes. Oyendo a mi padre tales locuras, ayer, ayer mismo, el corazón se me oprimía, las lágrimas se me saltaban, y estuve tentada de contestarle: «pues el reptil venenoso nos está dando de comer»; pero no me atreví... Mejor fue callar, ¿no es verdad?

—Callar, callar siempre. No le contraríes jamás en este tema. Apóyale más bien. La verdad es que no soy un modelo.

—Si al menos hubiese algún motivo, por pequeño que fuera, un motivo...

—Pues lo hay —dijo Salvador mirando serenamente a su joven amiga—. ¿Tú qué sabes de cosas del mundo? Tú no entiendes de maldades, afortunadamente.

—Pues si hay un motivo —exclamó Sola con ardor—, si alguna razón hay para que mi padre te llame perverso, dímelo, por Dios, dímelo, Salvador; dame esa prueba de confianza. Tu falta, tu error, tu equivocación o lo que sea, no puede ser grave; será una tontería, una cosa... una de esas cosas que no valen nada... una sandez de esas que no merecen odio, sino risa...

—No es tontería.

—Pues lo que sea, dímelo; me parece que merezco esa prueba de confianza —repuso ella—. ¿Crees que me asustaré?... Sí, buena soy yo para espantarme de nada. He visto mucho mundo, señor mío; he visto muchas pilladas, y las tuyas, por grandes que sean, no me llamarán la atención.

—Es que las mías son muy grandes —dijo Salvador riendo—. Vamos, no quiero perder tu buena amistad. Es la única amistad verdadera que tengo. Déjamela.

—La tendrás mientras yo viva —indicó Sola con viva emoción—. Yo te juro que la tendrás, aunque seas más malo que el mal ladrón, aunque hayas sido asesino, salteador... ¿Por qué te ríes?

—¡Asesino, salteador!

—Vamos; ya se comprende que no habrá sido tanto.

—Quizás más.

—¿Más? Tú también has perdido el juicio. No aumentes mi curiosidad.

—¿Tienes mucha?

—Muchísima. Me abraso... ¡Bah! Tú me quieres confundir. ¿Cómo puedo yo creer que tú, que tú, un hombre tan bueno, tan generoso, hayas ofendido?... porque mi padre ha de creer que tú le has ofendido personalmente.

—Personalmente.

—¿De qué manera?

—Imagina la peor.

—¿Y la ofensa ha sido grande?

—Inmensa.

—Mentira, mentira. Por Dios, no me atormentes.

—Tú me atormentas a mí de un modo cruel.

—Si hablaras...

—Si callaras tú...

—Pues dímelo todo.

—Sola, querida hermana; el mérito consiste en perdonar las ofensas sin conocerlas. También es gran mérito, sobre todo en las mujeres, refrenar la curiosidad.

—Con respecto a ti no dirás que soy curiosa, ni atisbadora, ni entrometida. ¿Sé yo algo de tu vida? ¿Te pregunto en dónde pasas el tiempo que no estás aquí ni en tu casa? Verdad es que no tengo derecho a saber nada; pero en fin... En algo más que en los socorros que recibo debiera conocerse que somos hermanos, como tú dices. Jamás me has hecho una confianza, ni me has contado la causa de tus tristezas cuando estás triste, ni el motivo de tus alegrías cuando estás alegre.

—Si lo sabes todo, tonta.

—Si lo ignoro todo, pero todo —afirmó Sola con cierto enojo—. Dicen que los hombres enamorados son muy comunicativos: pero tú no lo eres.

—¿Estoy yo enamorado acaso?

—Siempre lo estás. ¿Pues qué, eso no se conoce? Estás enamorado, sí; pero vaya usted a averiguar de quién. De alguna gran señora... Algo, algo se le va descubriendo a usía, caballerito. No podrás negar que tienes siempre el pensamiento allá en las quintas regiones, ¿me explico? Quiero decir, hermanito, que rara vez estás en este mundo, donde nos arrastramos los desdichados que vivimos de pan.

—¿Y a eso llamas estar enamorado?

—Pues es claro. Enamorado estás. Si no es de una mujer, será de todas a la vez, o de alguna que por sus muchas perfecciones no pueda existir, ni existe...; pero siempre hay alguna de carne y hueso, ¿no es verdad? Yo así lo creo, y tu madre lo cree también, pues dice que ahora estás más distraído que nunca; que te hablan y no contestas; que no ves lo que tienes delante; que no reparas en nada; que no duermes; que comes poco; que hablas solo; en fin, que tienes dos vidas, (eso lo digo yo), esta que todos vemos y otra que ignoramos; esta que es clara, natural y sencilla, y otra que anda por esas nubes... Yo no sé explicarme... Otra que vive en amores muy sutiles y... ¿cómo decirlo?... En amores terribles... parece que vas entendiendo.

Salvador reía.

—Vaya, puesto que te empeñas en ello, hermanita, voy a tener confianza contigo y a contarte...

—¿Sí? Pues ahora mismo: empieza.

—No, ahora no.

—Sí, ahora. Sabe Dios cuándo volveré.

—Volverás otro día. Además, hijita, es preciso no olvidar el discurso del señor duque.

—¡Maldito discurso!...

—Ya hemos charlado bastante. Ahora te vas a tu casa, acompañas a tu papá, le cuentas cualquier amena historia que le distraiga, despachas tus quehaceres, das un paseíto con el viejo, vuelves a tu casa, coses un poco y después te acuestas para dormir santamente como un ángel.

—¡Sí... Dormir!... Bueno, me marcharé —dijo Sola dirigiendo una mirada triste a los cuadros que ornaban las paredes—. Adiós.

—Y al dormir soñarás con tu primo Anatolio Gordón, el cual del puesto de primo va a pasar al puesto de marido y que si no ha llegado, ni escribe, ni parece, ya llegará y escribirá y parecerá, porque Dios no abandona a los suyos.

Soledad exhaló un suspiro y se dispuso a salir. Oyose en el mismo instante una campanilla.

—El señor duque me llama —dijo Salvador—. Adiós, hermana. Haz todo lo que te digo, obedéceme y verás qué bien te va. Cuidado cómo te olvidas del vestido... Vuelve dentro de ocho días... O antes siempre que se te ofrezca algo urgente. También puedes escribirme.

—Todo, todo lo que mandes haré.

—Vaya —dijo él con impaciencia—, basta de despedidas, adiós.

—Adiós. ¿Has dicho que dentro de ocho días? Bueno. Y del vestido ¿qué has dicho?

Sola se detuvo junto a la puerta.

—Que sea muy bonito... Vete ya... El duque me llama. ¡Cómo pierdo el tiempo! Adiós, adiós.

III

El duque del Parque fue uno de los generales españoles que más descollaron en la guerra de la Independencia. Después de Álvarez, el más heroico; de Alburquerque, el más inteligente; de Castaños, el más afortunado, y de Blake, el más militar, aunque el más desgraciado, es preciso colocar al duque del Parque, que, mandando el ejército de Galicia, ganó en 18 de octubre de 1809 la batalla de Tamames. En ella fue derrotado el general Marchand y sus doce mil franceses con pérdida de dos mil hombres, un cañón y una bandera. No fue igualmente afortunado Su Excelencia en la política, a la cual se dedicó con el afán propio de los ineptos para tan escabroso arte.

O el trato de ciertas personas, o lecturas revolucionarias, o quizás desaires que no creía merecer, lleváronle al partido exaltado. Grande de España, se sentó en la silla presidencial de *La Fontana de Oro*, desde la cual oyó apostrofar a los duques. Diputado en el Congreso de 1822, figuró en el grupo de Alcalá Galiano, de Rico, que había sido fraile y guerrillero; de Isturiz y otros. Este grupo no quería el orden, y a fuer de sostenedor de los libres, se ocupaba en asaetear constantemente al otro partidillo compuesto de Argüelles, Álava, Valdés, etc. De la misma lucha, y como transacción, salió la presidencia de Riego. Ya tendremos ocasión de ver cosas muy saladas que ocurrieron en aquellos días y en aquel sillón presidencial.

Volviendo al duque, Su Excelencia poseía gran fortuna; era generoso, amable, ilustrado hasta donde podía serlo un duque y general y español por aquellos tiempos. Si se hubiera curado de la manía, tan común entonces como ahora, de figurar en política contra viento y marea, habría sido una persona inmejorable; pero entre las muchas debilidades que le trajo el loco afán de llegar al Gobierno, tenía la de querer ser orador, y el orador como el poeta ha de nacer, pese al refrán que dice lo contrario y que se equivoca como casi todos los refranes.

Despertó aquella mañana, después de un sueño en que le atormentaron ansiedades políticas, le conmovieron ambiciones y le embelesaron triunfos oratorios. Dormido había soñado lo que soñaba despierto, es decir, que hablaba en el Congreso; que le aplaudían; que entusiasmaba; que era Mirabeau. Luego que se despabilaron sus sentidos, tomó *El Universal* y *El Zurriago*, que, juntamente con el chocolate, le había presentado su ayuda de cámara, y leyó; pero a su alma turbada no satisfizo la desabrida lectura. Levantose, y después de las primeras abluciones y de pasarse la navaja por la cara (pues aquel grande hombre se afeitaba solo), mandó llamar al que en su casa desempeñaba las funciones de mayordomo, secretario y confidente.

—¿Está concluido ya? —le preguntó Su Excelencia.

—Está concluido —repuso Monsalud mostrando varios pedazos de papel escritos por un lado y otro.

—¿Tan pronto? ¿Te habrás hecho cargo de lo que yo quiero decir?

—Me parece que he interpretado bien el pensamiento de Vuecencia. Es clarísimo. Vuecencia quiere decir cuatro verdades al Ministerio, probar que Martínez de la Rosa con todas sus letras, no sirve para el caso; Vuecencia quiere que se arme gran barullo en las Cortes, en suma, pronunciar un discurso que a lo violento de la intención una la severidad y firmeza de una frase cortés.

—Eso es; y además...

—Sí, que revele sólida erudición y que abunden en él las citas de filósofos, para que se vea...

—Que mis discursos no son como los de Romero Alpuente, un fárrago de vulgaridades ramplonas para trastornar a la muchedumbre.

—¿Quiere Vuecencia que lea? —preguntó el joven sentándose.

—Ya te escucho.

—«Señores diputados —dijo Monsalud leyendo—, cedo por fin a los ruegos de mis amigos y tomo la palabra para exponer mi opinión sobre la política del Gobierno. Hablo sin preparación alguna, apremiado por las graves circunstancias que atravesamos. No extrañéis la incorrección de mi frase...»

—Es preciso decirlo así... Está muy bien.

—«Rudo militar, hablaré con franqueza y sin retórica que no son propias de mi carácter y escasas letras. Al mismo tiempo debo advertiros que al tomar la palabra para intervenir en este delicado asunto, lo hago con repugnancia, con verdadero sentimiento. Amigos míos son los señores secretarios del despacho, amigos de toda la vida. ¿Por qué ha querido la suerte que opinemos de distinta manera sobre los negocios del país? ¡Ah! en mi alma luchan los afectos de la más pura amistad con el deber que me imponen mi puesto y los poderes que he recibido. Padezco hondamente, señores, podéis creérmelo; pero mi alma se esfuerza en sobreponer a todas las consideraciones la consideración del deber, y en tal ley anuncio al Ministerio que le voy a atacar duramente, durísimamente, porque los hombres deben ser esclavos de sus convicciones, y, como dijo Rousseau: de las grandes convicciones nacen los grandes hechos.»

—Muy bien, ese principio me gusta. ¿Has confrontado bien la cita? No me vayan a decir que atribuyo a Juan Jacobo lo que es de Marco Aurelio o de Erasmo.

—Descuide Vuecencia. Si por casualidad resultase una equivocación, los diputados no se romperán la cabeza en averiguarla, porque tienen demasiados quehaceres para ocuparse de esto.

Siguió leyendo hasta que el duque dijo:

—Me parece que en ese párrafo has ido demasiado lejos. Yo no quiero que se planteen todas, absolutamente todas las reformas que piden los exaltados.

—Lo expreso de un modo vago, sin determinar...

—No, no; conste claramente que no admito la ampliación de ley de milicias, ni la supresión de escarapelas, ni estoy de acuerdo con que se devuelva al Rey la ley de señoríos que no ha querido sancionar. Poquito a poco. No todas las reformas son buenas.

—Mayormente las que atacan a la nobleza —dijo Monsalud tachando algunos renglones—. Fuera esto.

—Parto del principio —dijo el del Parque poniendo la mano sobre las cuartillas y accionando gravemente con la otra—, de que yo, al mismo tiempo que detesto ciertas reformas, no puedo decir nada contra ellas. Ten presente que si defiendo otras, es porque tengo la convicción de que no se han de plantear nunca. ¿Qué se han de plantear, si le sientan a nuestro país como a la burra las arracadas?

—Comprendido; se variará este párrafo.

Después de otro poco de lectura, el aristócrata indicó con cierta sumisión, homenaje sincero del poder al talento:

—Van tres citas seguidas de Diderot. ¿No te parece que es demasiado?

Pues esta última se la encajaremos a... A otro cualquiera... por ejemplo a julio César Scalígero.

—Hombre, por Dios. ¿Así de ese modo cuelgas milagros?

—No importa. Ellos no revolverán bibliotecas para averiguar si la cita es exacta. Pondremos que lo dijo D'Alembert, añadiendo un «si no recuerdo mal.» ¿No le parece a Vuecencia?

—Añade «si no recuerdo mal... Ya saben los señores diputados que mi memoria es desgraciadísima.»

Al llegar al final, Su Excelencia meditó breve rato antes de dar su aprobación definitiva al discurso que había de pronunciar dentro de dos días. El secretario miraba a su amo con atención inquieta, cual si desconfiara del éxito de su obra. Por último, el duque se expresó así:

—Nada tengo que decir de la forma de mi discurso. También me parece admirablemente pensado. Si no me equivoco hablaré bien. El fondo, con las correcciones que te he dicho, quedará de perlas, menos en el final, que debe ser variado por completo. ¿De dónde sacas que yo quiero llamar a Riego *héroe invicto* y felicitarle por su elevación a la presidencia del Congreso?

—Como Vuecencia pertenece al grupo exaltado, creí que encajaban bien esos piropos al héroe de las Cabezas.

—Te diré —repuso el prócer frunciendo el ceño—. Cuando los demás llaman a Riego *héroe invicto*, yo no les contradigo: también aplaudo si es preciso; pero de eso a darle yo mismo tales nombres hay mucha diferencia.

—Entonces se suavizarán las frases de elogio —dijo Monsalud pasando los ojos por el final del manuscrito.

—No, ¿a qué vienen esos sahumerios? Harto le ensalza la plebe. ¿No se ha cacareado bastante su hazaña?

—Demasiado.

—No... Sino que todos los días hemos de estar con *el padre de la libertad*, con el *adalid generoso*, con el *consuelo de los libres* y el insoportable *viva Riego*, que es como un zumbido de mosquitos que nos aturde y enloquece.

—¡Ah! todo cansa en el mundo, señor duque, hasta el incienso que se echa a los demás; todo cansa, hasta doblar la rodilla ante un ídolo de barro.

—¡De barro! Has dicho bien, muy bien. ¡Si yo pudiera decir eso en mi discurso!

—Pues nada más fácil.

—¡Hombre, qué calma tienes! Estaría bueno...

—En efecto; estaría bueno llamar necio de buenas a primeras al jefe del partido a que uno pertenece —dijo Salvador riendo—. Pero todo puede hacerse en este mundo. Mire usted, señor duque, yo lo haría.

—¿Tú?

—Sí señor.

—Pero tú no sirves para la política. Lo malo que tiene este maldito oficio de politiquear consiste en que a menudo es preciso que adulemos y ensalcemos a más de un majadero que vale menos que nosotros y que se ha elevado por un rasgo de audacia o por su misma majadería; pues también esto se ve todos los días. Conque quítame toda esta hojarasca del héroe invicto, y arréglalo de modo que ningún señorito mimado adquiera fama con mis discursos.

—Está muy bien. Con tal que se le cargue la mano al Ministerio...

—Firme, pero firme —dijo el duque acompañando de enérgica acción la palabra—. Haz que resalte bien nuestro lema: *libertades públicas antes que nada*. Todo lo bueno que sale de nuestras filas, ¡canario! no lo han de decir Alcalá Galiano, Javier Isturiz, Rivas y Bertrán de Lis. En todas partes hay tiranía, hijo. Hasta en el partido de la igualdad, de la democracia, de los hombres libres, ha de haber cuatro o cinco gallitos que quieran despuntar, imponer su voluntad, tratando a los demás como miserables polluelos.

—¡Pícaro despotismo que en todas partes se mete! —dijo Monsalud con aparente distracción—. Pero yo tengo la seguridad de que Vuecencia pronunciará un gran discurso que llamará la atención de la mayoría exaltada y de la minoría moderada.

—Desconfío mucho. Verás: me pasa que llevo en la memoria un parrafillo bien dispuesto: lo veo tan claro mientras estoy mudo, que hasta las comas parece que las tengo aquí, pintadas en el entendimiento; pero me levanto, hijo, abro la boca, digo «señores», y entonces... ¡qué mareo! el Congreso empieza a dar vueltas en torno mío; parece que las tribunas son otras tantas bocas disformes que se ríen de mí... Empiezo a sudar, pónseme un picorcillo en la garganta, toso, escupo, en fin, Salvador de mi alma, que no digo más que vulgaridades... ¡y lo llevaba tan bien aprendido, tan claro!

—Procure Vuecencia tener serenidad, y aprenda del general Riego. Eso sí que es hablar sin ton ni son; eso sí que es decir perogrulladas huecas con apariencia de cosas graves. Todo por efecto de la serenidad. Cuando no se tiene idea del disparate, cuando no existe el temor, cuando una presunción excesiva asegura el aplauso de uno mismo, está allanada la dificultad y los apuros parlamentarios no existen.

—Dices bien: es cuestión de temperamento. Yo no sirvo para el caso; pero hay que sacar fuerzas de flaqueza. ¡Ay! ya me tiemblan las carnes pensando... ¿Irás a oírme?

—¿Pues cómo había de faltar? Llevaré quien aplauda si es preciso.

—Eso no: si lo hago mal, no quiero palmadas. Poca burla harían de mí Alcalá Galiano e Isturiz. Así es, y siempre están con bromitas sobre nin oratoria, la oratoria Parquesiana, como dicen ellos. Ve tú, y no quites los ojos de mí: yo te miraré cuando me encuentre apurado, a ver si de este modo recobro el imperio de mí mismo y agarro las palabras que se me escapan.

—Allí estaré. Ya sabe Vuecencia mi sitio en la tribuna de orden tendremos diversión pasado mañana por ser el día fijado para que el batallón de Asturias entre en Madrid.

—¿Pero eso va de veras?

—¡Tan de veras!... Por ser el primero que dio el grito de libertad en las Cabezas, Su Majestad le ha concedido permiso para que entre triunfalmente en Madrid, salude la lápida de la Constitución, y desfile ante el Congreso. Dicen más...

—Que una diputación de aquella fuerza se presentará en la barra de las Cortes a recibir de manos del presidente un ejemplar de la Constitución.

—Así parece.

—¡Hombre, cuándo acabarán las mojigangas! Yo suprimiría la tal ceremonia; pero, ¿qué se ha de hacer? El partido lo quiere, y es preciso aplaudirla, decir que es admirable y defenderla a regañadientes de los burlones. Adelante, pues, y vengan mascaradas.

—Todo esto concluirá temprano y Vuecencia podrá empezar su discurso a eso de las cuatro. Es buena hora.

—¿Crees que es buena hora?

—Sí, porque el público y el Congreso no están cansados ni impacientes. ¿Ya Vuecencia se ha puesto de acuerdo con el presidente?

—Sí; me ha concedido la palabra. Soy el primero que habla en la cuestión del voto de censura al señor Moscoso. Como no haya altercados que retarden la discusión... A ver: dame esos papeles. Ya me parece que llega la hora fatal... Ánimo, duque del Parque, serenidad: hazte la cuenta de que no vas a decir ningún disparate, absolutamente ninguno.

—Principie Vuecencia leyendo el discurso en voz alta, figurándose que está en doña María. Accione, gesticule, entone bien, mire hacia la cama, haciéndose cargo de que es la Presidencia; mire a estas paredes, creyendo que son las tribunas.

—Así lo haré. Dame, dame acá pronto. Miraré esas dos sillas creyendo que son Alcalá Galiano e Isturiz y desafiaré sus miradas burlonas y sus impertinentes sonrisillas.

—Mire Vuecencia este jarrón vacío, figúrese que es el general Riego, figúrese que el *consuelo de los libres* le está mirando, y cobrará aliento y brío.

—Bien, bien —dijo el duque tomando el manuscrito—. ¡A estudiar! Felizmente tengo buena memoria. ¿Te irás a trabajar? Eso es: cuando tenga mi lección regularmente sabida, te llamaré, a ver qué tal lo hago.

—Muy bien: yo me vuelvo al despacho.

—Hoy no estoy para nadie... ¿Conque subirás después?... Lo leeré cuatro o cinco veces. Cuando lo sepa regularmente tú me oirás, a ver qué te parece la acción, el gesto, los cambios de tono. Me dirás si en tal o cual pasaje conviene echar un par de toses, o estirar el brazo, o quedarme parado y en silencio mirando con altanero desdén a todos lados.

—De todo eso creo entender algo. Adiós, señor duque; a trabajar.

—Adiós, buena alhaja.

El duque se quedó solo, y poco después atroces gritos atronaron la casa. Comentaban con malicia los criados el rumor de apóstrofes, epifonemas y onomatopeyas que les aseguraban completa vagancia por algunas horas; pero ningún habitante de la casa se atrevió a poner su planta profana en el gabinete convertido en salón de sesiones. Mientras el duque hablaba, la aquiescencia de su auditorio era perfecta. Ni la cama que era la Presidencia, ni las sillas que eran Galiano e Isturiz, ni las paredes que eran las tribunas, ni el jarrón vacío que era Riego hicieron objeción alguna. El orador estaba inspirado.

IV

El 16 de marzo las tribunas del salón de Cortes en doña María de Aragón rebosaban de gente. Decíase que el segundo batallón de Asturias iba a penetrar en la sala de sesiones, y esto era de ver. No siempre entra la tropa en las Asambleas para disolverlas.

La iglesia-congreso ofrecía entonces al espectador escasísimo valor artístico. Por algunas pinturas sagradas en el techo se conocía el templo cristiano; por una estatua de la libertad y una inscripción política se conocía la Asamblea popular. El presbiterio sin altar, era Presidencia; la sacristía sin roperos, salón de conferencias; el coro sin órgano, tribuna. Bastaba quitar y poner algunos objetos para hacer de la cátedra política lugar santo o vice-versa, y así cuando los frailes echaban a los diputados o los diputados a los frailes, no era preciso clavar muchos clavos.

El Senado actual puede dar idea completa del Congreso de entonces, si la imaginación suprime el decorado artístico y los graciosos remiendos de oro y estuco que los arquitectos del Estado han puesto por todas partes. El presidente ocupaba el mismo sitio, y los diputados se sentaban, cual los modernos senadores, en dos filas, frente a frente, contemplándose unos a otros. Había en lo alto tribunas laterales tan oscuras, estrechas e incómodas como las de hoy, con ingreso por lóbregos pasillos, los cuales tenían tortuosa comunicación con una escalera que en los tiempos frailescos servía para dar subida al campanario. Los espectadores, fuesen a la tribuna de orden o a la pública, tenían que ascender por inverosímiles antros oscuros y escurrirse luego por los corredores sin luz, hasta que la remota claridad de los medios puntos en que se abrían las tribunas y el rumor de la discusión les anunciaban el término de su arriesgado viaje.

Salvador Monsalud penetró en la tribuna cuando los padres de la patria empezaban a llenar los escaños. Su primera mirada fue para el duque, que también recorrió con los ojos el piso alto, buscando al autor de sus discursos. Fijose luego el joven en los diputados de ambos grupos, en los de la gran montaña democrática, que eran los que daban interés a las sesiones y en los templados que con su moderación importuna procuraban quitárselo. Vio a los grandes demagogos de aquellos días, Alcalá Galiano, Escobedo, el duque de Rivas, Isturiz, Bertran de Lis, Infante, Ruiz de la Vega; vio a los doceañistas Argüelles, Álava, Valdés; a los ministros Sierra Pambley, Balanzat, Clemencín, Romarate, Moscoso, Garelly y Martínez de la Rosa, objeto de la atención general por parte del público de las tribunas.

Un hombre como de cuarenta y cinco años, de mediana estatura, presencia simpática, rostro medianamente agradable, sin barba, de ojos azules y aspecto en general pacífico y bonachón, subió a la Presidencia. Era el hombre de la época, *el caudillo de la libertad, el héroe de las Cabezas, el ídolo de los hombres libres, el hijo más querido de la madre España, el padre de los descamisados*, don Rafael del Riego.

Los primeros momentos no ofrecieron interés. Murmullos insignificantes, un rumor perezoso, verdadero bostezo de la Cámara luchando con su propia desgana, marcaron el período de las preguntas. Habló un ministro, hablaron dos o tres diputados, y aquellas palabras fugaces se perdieron, sin que nadie hiciera caso de ellas, como una conversación de visitas. Los discursos empezarían más tarde, aunque el interés de aquella sesión memorable no podía estar en los discursos. Una ceremonia ideada por los amigos y aduladores de Riego, y consentida ¡parece increíble! por Martínez de la Rosa, que no tuvo valor para oponerse a ella, debía verificarse dentro de pocos momentos.

Ya la anunciaba vivo y alegre rumor de bandas militares, cuyo lejano son entusiasmó a la gente de la tribuna pública. Agitáronse los diputados, agitose el pueblo, y el presidente, haciendo alarde de modestia y delicadeza, dejó su asiento. Al verle bajar y oscurecerse, perdiéndose en las filas de los diputados, un grito unánime sonó arriba y abajo: «¡Viva Riego!» El héroe (pues es preciso darle este nombre) saludó con la perezosa cortesía de los ídolos populares, fatigados de hacer reverencias al pueblo al volver de cada esquina. Los ministros querían aparentar satisfacción; pero harto se conocía que la farsa próxima a representarse no les entusiasmaba. Algunos diputados estaban fríos, cejijuntos, otros reían, y la mayor parte aguardaban impacientes un espectáculo, que por lo nuevo en los fastos constitucionales, merecía ser visto para poderlo transmitir a las generaciones futuras.

Llegó el momento. Las músicas militares cesaron en las inmediaciones de doña María, y vierais entrar en el salón por la puerta principal, precedidos de cuatro maceros, los oficiales comisionados para representar al batallón en acto tan solemne. Pusiéronse en pie los diputados, como si la real persona hubiera penetrado en el recinto, y un *¡Viva el batallón de Asturias!* zumbó en las altas regiones de las tribunas. Los oficiales avanzaron gravemente hasta encarar con la Presidencia, ocupada por el Vicepresidente señor Salvato, y allí detuvieron el animoso pie.

Cualquier extraño que asistiera a recepción tan ceremoniosa y oyese los estentóreos vivas, y viera la serenidad y emoción de muchos diputados, habría creído que aquellos distinguidos tenientes y capitanes, tan bien peinados, venían de conquistar medio mundo; habría creído que cada uno era cuando menos un Bonaparte regresando de Italia con los eternos laureles de Arcola, Lodi y Montenotte. ¡Pobre Representación nacional la que de este modo abría su puerta sagrada a media docena de oficiales, cuyo único mérito había sido lo que ellos llamaban el restablecimiento de la libertad!... ¡como si la libertad pudiera ser verdaderamente establecida ni derrocada por un batallón!

Pero el comandante de Asturias no había ido allí a servir de objetivo a miradas curiosas. Era preciso que hablara, que dirigiese cuatro palabrillas de consuelo a la Representación nacional, con algún consejo si esta lo había menester. El comandante, cuyo nombre la historia no ha creído digno de ser conservado, a pesar de sus indudables hazañas, tomó la palabra, y mirando con bizarría al presidente, dio las gracias por la distinción hecha al cuerpo, y después, mostrando generosidad a toda prueba y grandes propósitos de proteger y amparar a la desvalida madre España, prometió defender la libertad hasta el último aliento. Tanta abnegación de parte de un comandante enterneció a los demagogos.

Tocole la vez al señor Salvato, que era hombre de pocas palabras, algo ronquillo, y empezó su discurso, que parecía iba a ser largo como esperanza de pobre. De las tribunas no se le oía jota, lo cual fue ocasión de desasosiego y tumulto; pero Salvato, al llegar al fin de su perorata, alzó la débil voz cuanto le fue posible, y se oyeron estas palabras: «¡Batallón de Asturias! ¡El genio tutelar de la libertad acompañe tus filas, mientras que el aprecio general de los hombres libres te sigue a todas partes!»

En medio de atronadores aplausos, Salvato alargó al comandante un ejemplar de la Constitución. Al ver la entrega del librito, cualquier espectador de cabeza despejada habría creído presenciar el acto de la distribución de premios de escuela, y que el citado jefe había merecido llamar la atención del consejo profesional por sus correctas planas o sus adelantos en la gramática. Pero aquí empezó la parte más chusca de aquella ceremonia, que oficialmente y según lo acordado por el Gobierno, debía concluir con la solemne entrega del libro.

El comandante, que sin duda era hombre de iniciativa, no creyó suficientemente hecha la apoteosis del batallón de Asturias, y sintiéndose inspirado, abrasado en sacrosanto fuego de gratitud y patriotismo, desciñose el corvo sable y lo ofreció al Congreso, diciendo con hueca frase y triunfador gesto que era el mismo que empuñara don Rafael del Riego al dar el grito de rebelión en las Cabezas de San Juan. Esto produjo cierto estupor, y aunque no faltaron aplausos, sordo murmullo corrió por los bancos, como un vientecillo rastrero precursor de grandes tempestades.

Vaciló el digno señor Salvato un momento, sin saber si admitir o rechazar la oferta, estando, por razón de su perplejidad, un buen rato con el acero levantado, como aparecen en las estatuas conmemorativas de heroicos hechos los grandes capitanes y conquistadores; pero al fin decidiose por la admisión, y poniendo el sable sobre la mesa, pronunció estas palabras: «Las Cortes admiten con singular aprecio este acero, fasto vivo del pronunciamiento de la libertad y trofeo del héroe predilecto de ella.»

Más tarde el Congreso se avergonzó de su debilidad; comprendió la ridiculez de la escena que había consentido, y no sabiendo qué hacer del malhadado sable, devolviolo a su dueño *para que defendiese con él la amenazada Constitución.*

¡De esta manera querían establecer en España lo más serio, lo más imponente que existe, la libertad! ¡De esta manera querían infundir la dignidad de los hombres libres a un pueblo que conservaba la forma del absolutismo, como conserva el amasado yeso la figura del molde de que acaba de salir!

El Gobierno, concluido el acto, cayó en la cuenta de la mucha ridiculez de este. Era preciso borrarlo de la memoria de todos; era preciso echarle tierra encima, es decir, discursos, para que con las agitaciones de un debate fuese puesto en olvido. Abriose la discusión sobre el tema puesto a la orden del día, y Su Excelencia el duque del Parque se puso pálido. Mirando a la tribuna, vio a su fiel secretario y amigo, cuya presencia y animado semblante servíanle de consuelo. Evocó su serenidad; razonó consigo mismo durante breves minutos, considerando cuán bien y con cuánto despejo suelen hablar algunos tontos; hizo memoria de todos los consejos y recetas que su secretario le había dado, y midiendo con atrevida mirada ese abismo inmenso e imponente que separa el mutismo de la palabra, el silencio del discurso, arrojose resueltamente a la otra orilla. Empezó muy bien y era escuchado con atención.

El secretario a su vez, aunque no empezaba ningún discurso, sentía emociones muy vivas, no ciertamente por la ceremonia que acababa de presenciar. Esta no había concluido, cuando Monsalud vio en la tribuna de enfrente a una persona cuya presencia embargó de súbito sus facultades, dejándole atónito y confuso. Estupor más grande no lo tuvo en su vida. Fijó bien la atención, creyendo equivocarse; pero una observación prolija le convenció de la realidad de la imagen percibida. A un tiempo mismo llenaban su espíritu secreto alborozo y una especie de terror instintivo, al cual podía hallar de pronto justificación cumplida. Miraba a la persona y sus ojos sorprendieron la furtiva mirada de ella. Trató de sobreponerse a un dominio que era de su agrado, y a sentimientos que con pasmosa rapidez principiaban a subyugarle; pero a la medida de sus esfuerzos crecían su debilidad y la esclavitud de su ánimo. Esto y lo que pasa a los peces cuando tiran del anzuelo para librarse de él, es una misma cosa.

Y en tanto el duque navegaba por el piélago inmenso de su discurso. Había afrontado impávido y sereno, los escollos del exordio y entrado en la exposición que le ofrecía su ancho campo cerúleo, despejado, claro y llano como un mar sin olas; pero de pronto, ¡oh perversidad de los hados que protegen la oratoria! ¡oh picardía de la maligna Palas! el duque tropezó, equivocando una oración por otra y enredándose en una palabra. Mascó durante breve rato, tratando de salir del paso por medio de un esfuerzo de ingenio; mas para esto era necesario improvisar, y Su Excelencia no era fuerte en la improvisación. ¡Qué lástima, equivocarse precisamente cuando iba a examinar con crítica aguda la conducta del Ministerio; equivocarse cuando Alcalá Galiano e Isturiz estaban mudos de asombro ante aquel ignoto prodigio de elocuencia que tan inesperadamente aparecía!

El del Parque sintió que su frente se cubría de sudor; trató de recordar, llamó la memoria; pero el discurso había desaparecido ante los ojos de su entendimiento; se había borrado por completo y en su lugar una inmensidad negra, horrendo caos sin una línea, sin una idea, sin un rasgo se extendía ante el atribulado espíritu del orador.

Al verse perdido, miró a la tribuna, esperando que la presencia de su amigo, devolviéndole la serenidad, le devolviese el evaporado discurso, pero entonces su angustia fue más grande. El amigo, el secretario, el confidente había desaparecido.

Entonces el duque sintió un mareo espantoso; en su garganta formose un nudo; miró al presidente con desesperación, con angustia, como un náufrago que pide socorro.

Los diputados todos le observaban, aguardando a ver en qué pararía aquello. Su Excelencia tartamudeó excusas que nadie pudo comprender, y al fin exclamó con voz clara:

—Señores diputados, señor presidente... He dicho.

V

Después de arrastrar miserable vida durante todo el año 21 en un lugar del camino de Francia, don Urbano Gil de la Cuadra pudo volver a la corte tolerado, si no perdonado por la policía. Amparole para esto un generoso desconocido a quien él creía compatriota suyo, y que, interesándose por él, le pudo conseguir lo más parecido a un indulto, o sea la negligencia del Gobierno. Favorecidos por aquella negligencia que tan caritativa era en el asunto de Gil de la Cuadra, mil y mil pillos conspiraban por el triunfo de todas las banderas conocidas.

Favoreció también a nuestro desgraciado reo un individuo a quien pronto conoceremos y que se hacía pasar por amigo de don Víctor Sáez, confesor de Su Majestad. Llamábase Naranjo y era, como don Patricio Sarmiento, maestro de primeras letras, existiendo entre los dos, con la igualdad de profesión o industria, una rivalidad tan fuerte y, aunque disimulada, tan rabiosa, que para hallarla semejante sería preciso revolver los antiguos odios corsos o el antagonismo clásico de griegos y troyanos en los tiempos oscuros.

Naranjo fue generoso con Gil, pues, además de trabajar en su reducida esfera, para que pudiese volver a la corte, arrancándole de los miserables pueblos del Norte de Madrid, le dio asilo en su misma casa y calle de las Veneras, a ochenta y tres escalones más arriba del local de la escuela y en un departamento estrecho pero independiente del propio domicilio del dómine. De tres o cuatro piezas tan solo disponía Gil; mas el buen orden de su hija había hecho de ellas un recinto casi decente y casi cómodo, utilizando los pobres trastos que conservara de su antigua casa y algo que allegó con el favor de una providencia desconocida de todos los vecinos, aunque no de nosotros.

El desgraciado don Urbano no salía de su casa a ninguna hora del día ni de la noche, y rara vez ponía los pies fuera de la pieza que escogió para su albergue, y que era triste y oscura como una mala noticia. Había adaptado su organismo a un sillón que le servía de concha, y en él la cabeza calva, el rostro pálido y extenuado, los cansados ojos, las manos flacas, los brazos negros, permanecían largo rato en inmovilidad casi absoluta, en medio de un silencio semejante al de cualquier alcoba mortuoria.

De pronto movía la cabeza, miraba hacia afuera y el patio lóbrego y sucio al cual daba su ventana, ofrecíale el grandioso paisaje de dos o tres cocinas medianeras. Allá arriba se veía, sí, un recorte irregular y azul lleno de luz y de belleza: era el cielo. Gil de la Cuadra lo miraba hasta que el dolor del torcido pescuezo obligábale a sumergir su contemplativa mirada en el fondo del patio. Allí todo era lobreguez, horror, vapores infectos, un detestable olor a almíbar. Hervía el azúcar en las cazuelas y un negro cíclope del dulce labraba yemas y azucarillos en aquella caverna húmeda y acaramelada. Las coplas obscenas que cantaba y el vaho de tal industria se unían en conjunto muy desagradable.

El anciano leía a ratos. No escribía nada. Sus libros eran las novelas de la época, entre ellas el *Werther* y *La nueva Eloísa*; también *Las noches*. Aquel espíritu fatigado se rebelaba contra las lecturas serias, entregándose con deleite a un pasatiempo que le producía fuertes excitaciones de la sensibilidad y de la fantasía. El aplanamiento de la vida y la rápida decadencia habían determinado en hombre tan infeliz el retroceso senil, que consiste en una especie de renovación enfermiza de la niñez. En aquella edad y circunstancias, en tal estado de cuerpo y alma, Gil de la Cuadra soñaba, mejor dicho, idealizaba.

Cuando su hija estaba en la casa, que era lo más común, solía dialogar con ella, aunque no mucho, a pesar de los esfuerzos de Sola por entablar conversaciones sobre temas lisonjeros; pero ya en los días a que alcanza nuestra descripción, que son los de mayo de 1822, el anciano sin dejar de ser afectuoso con la graciosa joven, había perdido aquel cariño afable y atento que en él hemos conocido. Su sequedad llegaba a ser a veces aspereza y desabrimiento; mas la prudencia de Solita sabía burlar ingeniosamente los ataques, consiguiendo siempre que el viejo, después de irritarse un poco, tornase a su tranquilidad meditabunda.

Cuando estaba solo estaba en su elemento. Entonces revolvíase inquieto después de largas pausas en que parecía dormido, o mejor, muerto. Un día en que Soledad había salido, el anciano leyó por espacio de hora y media. Después dio un suspiro, puso el libro sobre el antepecho de la ventana, revelando honda agitación en sus ojos, así como en sus labios que articulaban sílabas sin sonido. En voz alta exclamó luego:

—Ahora tiene que ser. Ya no puedo más. He esperado bastante.

Levantose como pudo, dirigiose al cuarto de su hija, y de allí a la pieza que servía de cocina. Revolvió febrilmente todos los objetos que pudo tocar, fue, vino de un lado a otro, registró, puso sus manos arriba y abajo, desordenando cuanto allí había.

—Nada —dijo para sí con acento de dolor—. Esa pícara lo guarda todo bajo llave.

¿Qué buscaba? No debía de tener hambre, porque allí había comida y ni siquiera la tocó.

Volviendo al cuarto de su hija, examinó las cerraduras de todos los cofres. Ninguna estaba abierta. Con rabia golpeó las arcas y los cajones de la cómoda, gruñendo así:

—Todo, todo lo guarda esta condenada.

Enseguida registró la ropa que en distintos puntos de la estancia había. Su mano activa y resbaladiza entraba en todos los bolsillos, deshacía todos los pliegues, sacudía las faldas, desdoblaba lo doblado y hacía envoltorios de lo que estaba extendido.

—Nada, nada.

Sin duda buscaba llaves. Después de mucho revolver sintió un ruido metálico. Metió la mano y sacó una pieza de dos cuartos y un ochavo.

—Esto ya es algo —pensó—. Con esto tengo ya catorce cuartos reunidos, y si encuentro más... Iré juntando, y a falta de un medio, emplearé otro.

Pareció darse por satisfecho con tal razonamiento y con aquel hallazgo, y puso fin a sus investigaciones. Regresando a sus dominios, es decir, a su sillón, sacó del seno un envoltorio para guardar su nueva conquista. Antes de hacerlo contó repetidas veces, con la gozosa atracción del avaro, su tesoro.

—Catorce —dijo—. Catorce y un ochavo.

Después hizo cuentas con los dedos mirando al techo.

—Sí —murmuró—; pronto podré... Cualquier medio sirve. Quizás sea éste el mejor... Sí, es el mejor, el más fácil, el menos sospechoso, el más tranquilo... Puedo bajar fácilmente a la calle, cuando mi hija no esté aquí... Ya sé lo que tengo que hacer. Catorce cuartos... Todavía es poco. Pero Dios me ayudará... Es preciso concluir pronto. ¡Maldita vida! ¡que aun para echarte fuera, nos has de dar trabajo! ¡Miserable harapo que te llamas cuerpo!... ¡que aun para limpiarnos de ti, han de ser precisas tanta fatiga y tanta lucha!

Sintiendo los pasos de su hija, guardó precipitadamente lo que contaba y tomó el libro. Disimulaba como un escolar travieso.

Soledad se acercó a él, le pasó la mano por la frente, le dijo algunas palabras cariñosas y después entró en su cuarto.

—¡Virgen María! ¿quién ha estado aquí? —exclamó—. Si hubiera gatos en la casa, diría: «los gatos»; pero no los hay.

Miró desde la puerta a su padre con la severidad cariñosa que se emplea ante los niños enredadores.

—Yo fui, Sola —dijo don Gil mirándola también con un poquillo de turbación—. Yo fui: buscaba unas migas de pan para echar a esos gorriones que suelen bajar a la ventana de enfrente.

—El pan estaba en la cocina: ¿no lo vio usted?

—No, hijita, no vi nada. Creí que tendrías migas en los bolsillos.

—Lo mismo pasó la semana pasada cuando salí —dijo Solita, quitándose los alfileres del manto y cogiéndolos en la boca, mientras se quitaba aquella prenda—. Este papá mío es más travieso... Otro día saldremos juntos.

—Ya te he dicho que no quiero salir.

—A tomar el Sol.

—Aborrezco el Sol —repuso Gil de la Cuadra con laconismo.

—A tomar el aire.

—Aborrezco el aire.

—A ver Madrid.

—Madrid me repugna, me enardece la sangre, me mata.

—A ver la gente, a distraerse un rato.

—¡La gente! ¡Bonita cosa quieres enseñarme! ¡La gente! Si los ojos no sirvieran más que para ver gente no valdría la pena de tenerlos.

—Vamos, vamos: basta de locurillas. Dios se enfada con los que dicen eso.

—Basta, regañona. Ahora me toca a mí. ¿En dónde has estado hoy tanto tiempo?

Soledad vaciló un momento antes de dar contestación; ¡tanta era su repugnancia a mentir!

—He ido a entregar una obra que había concluido... Por cierto que he venido muy aprisa para que no estuviera usted solo.

—Por eso no. Solo estoy yo perfectamente —dijo el viejo con displicencia—. No me gusta ver espantajos delante. No me gusta que cuando salgas, te lleves las llaves de todo como si yo fuera un ladrón.

—¿Y para qué quiere usted las llaves? —preguntó Soledad con el mayor desconsuelo, dejándose caer sobre una silla y abrazando a su padre—. ¿Para qué quiere usted las llaves? Todo lo que usted pueda necesitar queda fuera. Para otro día tendré cuidado de dejarle migas de pan, por si vuelven los gorriones de hoy.

—No te burles... la verdad es que estoy incomodado contigo... Me tratas como a un chiquillo... No puedo hacer cosa alguna sin que tú lo husmees y te enteres de todo. De tal modo me vigilas, que hasta de noche, cuando dormimos, si por acaso me levanto porque tengo calor en la cama, tú vienes tras de mí para ver dónde voy.

—Si usted no hiciera locuras, si se conformara con su suerte, como Dios manda, y no hubiera ya intentado una vez cometer el mayor pecado del mundo, cual es atentar contra la propia vida...

Gil de la Cuadra no contestó nada a esta razón.

—Son aprensiones, hija —dijo al fin inclinando la cabeza—. Y si fuera verdad, vamos a ver, ¿qué tendría de particular? Es hermosísima esta vida para aficionarnos a ella, ¿verdad?

—No nos falta nada.

—Nos falta todo. Honor...

—No se pierde por la persecución de la justicia cuando es injusta.

—Tranquilidad.

—La tenemos de sobra.

—No; porque esta es la hora en que yo no sé de qué vivo, ni cómo vivirás tú el día en que yo falte.

—Y para remediar mi orfandad y mi abandono, usted quiere matarse. ¡Linda precaución!

—A quien todo lo ha perdido, hija mía, se le puede perdonar que haga algún disparate.

—¡Quien todo lo ha perdido!... ¿acaso no vivo yo, o no soy nada?

—Tú eres mucho, tú eres todo; eres todo para mí. Verdad es que te conservo —dijo Gil de la Cuadra, abrazando a su hija—. Pues qué... ¿crees tú que si no existieras, si no tuviera yo junto a mí este rayo de luz, que da vida a mi vida, y esta alma que da apoyo a mi alma, podría sostenerme un día más? ¿Crees que puede sostenerse quien está perdido, humillado, miserable, deshonrado, sin otro lazo con la sociedad que el desprecio que ella muestra y la limosna que me da un pobre maestro de escuela? La religión no basta a consolar a los que hemos fomentado en nuestro entendimiento ciertas ideas. Es triste decirlo; pero debe decirse porque es verdad... Mira tú lo que es el destino, Dios, la Providencia o como quieran llamarlo. En medio de mis desastres, de mi padecimiento, de mi deshonra, yo tenía una esperanza.

Soledad hizo con la cabeza una señal de asentimiento.

—Yo tenía una esperanza, y ¡cuán risueña, cuán bella, hija mía! Era cuanto un padre cariñoso puede desear. Realizada aquella esperanza, yo hubiera subido al cielo como un ángel, tranquilo, sereno, limpio, lleno de Dios. Sin ella... iré a donde mi perverso destino quiera.

—No hay que tomarlo de ese modo.

—¿Pues de cuál? ¿La realidad puede tomarse de otro modo que como tal realidad? ¿Caben en ella fantasmagorías? No; no te hagas ilusiones. Tu primo no viene ya; nos desprecia como nos desprecian todos los nacidos, porque somos pobres, porque estamos deshonrados, porque somos una vil escoria.

—Mi primo no ha dicho que no vendrá.

—No lo ha dicho; pero ello es que no viene. Quiere romper su compromiso de una manera evasiva. ¿Cuánto tiempo ha pasado desde la última carta?

—No lo recuerdo bien —dijo Sola, demostrando que no dedicaba sus ocios a llevar la cuenta de las cartas que escribía el desnaturalizado primo.

—Pues yo sí lo recuerdo. Hace cinco meses y tres días... ¿Qué quiere decir este silencio?

—Que no tiene ganas de escribir, o que está preparando su viaje.

—No te hagas ilusiones; repito que no te hagas ilusiones. En la realidad no puede haber, no hay fantasmagorías. La cuestión es la siguiente...

—Sí, ya lo sé —dijo Soledad riendo.

—Mi pobre hermana, que murió hace cinco años, me dijo en los últimos días de su vida: «deseo ardientemente que mi hijo se case con tu hija...»

—Y usted le contestó: «Yo también deseo que mi niña se case con tu niño...» Sí, ya sé; no es la primera vez que oigo ese cuento.

—Mi hermana y yo tratamos del asunto largamente. Hallábamos las cualidades más apreciables en uno y otro. Ella te creía un ángel del Cielo. Yo veía en su hijo un enviado de Dios. ¡Admirable plan, que ha dado alientos por mucho tiempo a mi cansada vida! He soñado con ese matrimonio, como sueña el mozalbete con la mujer que adora. Después de muerta su madre, Anatolio confirmó con una promesa solemne aquel sagrado testamento moral de la difunta Paula. Yo tuve que marchar a Francia, después fui a La Bañeza, después vine aquí, y en todas partes recibía cartas de mi sobrino, sin que en ninguna de ellas faltase la palabreja o el parrafillo dedicados a ti y al dulce proyecto. Incitábale yo a que viniese, pero él me contestaba que el servicio militar le retenía en Asturias y que se holgaba de ello para poder estar al cuidado de su hacienda en estos tiempos tan revueltos.

—Pero no por eso dejaba de escribirnos y de hablar de la boda... ya, ya sé.

—Después de la época tristísima de mi desgracia, de mi prisión, de nuestra deshonra y pobreza, querida hija mía, he sabido que Anatolio, sirviendo lealmente en el ejército, pasó a la Coruña, después a Santander y Santoña; pero se ha olvidado de nosotros, de su promesa, del deseo de aquella santa mujer su honrada madre. ¿Y sabes tú lo que es esto?

—Esto no es nada, padre —dijo Soledad tratando de calmar la agitación nerviosa del desgraciado don Urbano—, esto no es más sino que el servicio no le deja tiempo para tomar la pluma.

—No, no, no —exclamó el anciano con ardor—. Te repito que no te forjes ilusiones. En la realidad no hay fantasmagorías.

—En la realidad hay mil cosas que no se comprenden.

—Lo cierto es que hace cerca de un año que no nos escribe. Desde que regresamos a Madrid no hemos visto su letra. Lo que te he dicho... Nuestra pobreza, nuestro decaimiento son la causa de su desvío. ¡Perro mundo y perra humanidad! No existe, no, una sola alma generosa.

—Sí existe, padre.

—Te digo que no existe. Tú no conoces la espantosa realidad de este mundo; tú no conoces este lodazal en que yacemos. ¡Ay! Cuando se escribió el libro de Job se trazó la pintura del mundo. Anatolio ha visto nuestro muladar y nos desprecia. Quizás si nos viera, me echaría en cara culpas que no he cometido, o que si han sido cometidas deben ser perdonadas.

—Pues si se avergüenza de nosotros, no debemos pensar más en él... y se acabó.

—Tonta, ilusa, ¿qué estás diciendo? ¿Tú has pensado lo que va a ser de ti luego que yo me muera?... ¿Tú sabes que el abuelo de Anatolio ha fallecido hace cuatro meses?

—Sí, y que mi primo ha heredado una hacienda regular.

—¿Una hacienda regular? Una hacienda con la cual hubieras vivido como una reina —exclamó Cuadra oprimiéndose el cráneo con ambas manos—. Porque esa hacienda debía ser para ti, porque Anatolio debía casarse contigo como lo mandó su madre.

¿Y si le ha gustado más otra?

—¡Horror! ¡Qué despropósito dices! ¡Conque ese miserable será capaz de entregar a otra su mano, su corazón, su casa, su hacienda... que debían ser para ti, sí, para ti, lo repito mil veces!

—Eso sí que es vivir de ilusiones, eso sí que es vivir de fantasmagorías. ¿A eso llama usted realidad?

—No... yo he soñado, he soñado como un insensato, como un niño, como un rapaz enamorado —dijo don Urbano secando las lágrimas que corrían por sus flacas mejillas—. Yo he soñado durante algún tiempo que tú ibas a ser señora de una hermosa casa, que ibas a tener criados, magníficas praderas, vacas, mieses, bosques. Pero ese joven nos ha hecho traición... porque es una traición, una alevosía.

—Si ese joven se ha creído dueño de su propio destino, padre, ¿qué le vamos a hacer? ¿Hemos de irritarnos por eso? ¿Por qué hemos de dudar de Dios? Yo le juro a usted que renuncio de buena gana a los prados, a la hermosa casa y a las vacas de leche. Todo lo doy con gusto en cambio de la tranquilidad de nuestro espíritu que es la hacienda mejor de todas.

—¡Desgraciada! Tú no sabes lo que es la orfandad, la soledad; tú has olvidado que muerto yo, no tendrás amparo alguno en el mundo.

—Pues yo estoy segura de que lo tengo; y de que lo tendré.

—¿Tú?... Estás loca. No conoces el mundo.

—Lo conozco.

—¿En qué esperas?

—En Dios.

—Las calles están llenas de mendigos, de niños abandonados, de infelices muchachas que se han prostituido. ¿Dónde está Dios que no les ampara?

—¿Qué sabe usted si les ampara o no?

—Sé lo que es el mundo... ¡Dios de los cielos! ¿Qué faltas he cometido yo para tan inmenso castigo? ¡Tener horror a la vida por mi miseria, por mi desgracia, por mi infamia... y al mismo tiempo tener horror a la muerte porque muriendo, dejo a mi pobre hija en la miseria, sola y sin arrimo! ¡No poder vivir... Ni morir!

El anciano rompió a llorar. Solita no dijo nada, porque lo que podía decir no hubiera convencido al taciturno, y lo que le habría convencido no podía ser dicho. Abrazó a su padre y se confundieron las lágrimas de uno y otro.

Un ruido extemporáneo en lo interior de la casa les sacó de la sombría contemplación de su desgracia.

VI

Oíase la voz de Naranjo que era áspera y chillona. Oíase otra voz bronca y hueca que tenía las sonoras y retumbantes inflexiones de la elocuencia.

—Como lo cortés no quita a lo valiente —decía Naranjo—, bien venido a mi casa sea el señor don Patricio. Dígame en qué puedo servirle.

—Todo Madrid, señor Naranjo, todo Madrid —decía Sarmiento—, sabe que no somos amigos. Cada cual tiene sus ideas, y como en las ideas no se transige... Pero una cosa es la política y otra la cortesía.

—Siéntese el buen Sarmiento.

—Gracias, señor de Naranjo.

En la habitación que a este servía de sala de recibo estaba Sarmiento vestido con uniforme de miliciano nacional, gran casaca azul de botón de plata, con las iniciales M. N. En el cuello; descomunal morrión en forma muy semejante a la boca de una pieza de artillería y adornado de flamantes cordones; correaje blanco cruzado en el pecho, sable y cartuchera. Con tales arreos la enhiesta figura del maestro de escuela parecía agrandarse,

> extenderse, crecer, tocar las nubes,
> y en el profundo abismo hundir la planta.

¡Tanta era su arrogancia y tiesura, y el
marcial continente severo con que los llevaba!

—No sabía —dijo Naranjo con sorna—, que el señor don Patricio había ingresado en la Milicia Nacional. Ya tenemos a Periquito hecho fraile.

—Los pillos crecen, el absolutismo trabaja, el Sistema peligra; malos vientos soplan... Es preciso luchar... Con su permiso, señor Naranjo.

Ambos se sentaron.

Cuando Sarmiento se desplomó sobre la silla, emitió la siguiente copla, que siempre traía pronta para soltarla en todos los actos de la vida:

> Digamos Ave María
> para que tiemble el infierno:
> digamos para que tiemblen
> los pícaros: ¡Viva Riego!

—Amén —contestó Naranjo sonriendo—. ¿Me dirá usted por fin a qué debo el gusto...?

—Poco a poco —repuso Sarmiento—. ¡Cuánto se habrá sorprendido usted al verme entrar en su casa! ¡Ya se ve!... ¡Enemigos encarnizados, enemigos a muerte!... ¡usted absolutista, yo liberal; usted servil, yo gorro!

—En efecto, me sorprende mucho.

—Y no solo somos enemigos políticamente hablando, sino escolásticamente —dijo Sarmiento, recalcando bien los adverbios—. Usted enseña por un sistema, yo por otro. Usted se inspira en el misticismo, yo en los grandes cuadros históricos; usted hace leer a sus alumnos el Antiguo Testamento, yo les lleno la cabeza de Historia romana; usted enseña la escritura por Torío, yo por Iturzaeta... ¡Enemigos a muerte!... y ahora ha de saber usted que hoy estreno mi uniforme y que me lo he puesto expresamente para venir a esta casa.

—Gracias, señor Sarmiento; es grande honor para mí.

—Al mismo tiempo —dijo don Patricio—, debo tranquilizarle a usted respecto al fin de mi visita. Soy enemigo, pero enemigo leal.

—Lo supongo.

—Por consiguiente, no vengo acá como autoridad.

—Es de creer, porque no es usted juez, ni jefe político, ni capitán general.

—Quiero decir que no vengo con la espada en la mano... y razón había para ello, porque usted, señor Naranjo, conspira más que el Rey, y su casa es una madriguera de conspiradores, chilindrón, chilindraina.

—señor Sarmiento —dijo Naranjo con indignación mal reprimida—, cuando sea usted autoridad le daré cuenta de lo que en mi casa hago o dejo de hacer. Pero no lo es usted todavía: absténgase, pues, de formar juicios temerarios, y no se meta en lo que no le importa.

—¡Ah! Ya sabía yo que saldríamos por ahí —afirmó Sarmiento con vanidad—. Esté tranquilo, que las conspiraciones serán descubiertas y los locos realistas castigados. Seremos inexorables, y no le tendré a usted lástima, no, porque ejerzamos una misma honrosísima y nobilísima profesión, no... la justicia siempre por delante.

> Siempre se dijo,
> y ello es probado:
> a burro lerdo

purísimo palo.

Purísimo palo: es sensible, pero es preciso. Conque mucho cuidado, que mis consejos no son moco de pavo.

Don Patricio se levantó como para marcharse.

—De modo que solo ha venido usted a llamarme burro lerdo y a ofrecerme purísimo palo.

—¡Qué demonche! ¡Chilindrón, chilindrón! Se me olvidaba...

—¡Cabeza de patriota! ¡Bendito sea Dios que todo lo cría, hasta las calabazas sin costuras!

—Sí: con la conversación y los avisos que he dado a usted para que ande con pausa en eso de las conjuraciones, se me olvidaba que venía...

En aquel instante Solita, impulsada por la curiosidad, abrió cautelosamente la puerta asomando su semblante.

—Pase usted, mi señora doña Solita —dijo Sarmiento haciendo una reverencia—. Acabo de decirle al señor Naranjo que ponga cuidado en lo que se trama en su casa, no sea que tenga que llamar al diablo con dos tejas. Todos sabemos que aquí no se viene a oír misa. Pues digo... viviendo en la casa Gil de la Cuadra, el lugarteniente de don Matías Vinuesa...

Naranjo miró a un rincón de la sala, en el cual había una estaca.

—Pero si pienso ser inexorable el día en que toquen a descubrir artimañas —continuó don Patricio—, en todas las demás ocasiones seré deferente y cortés con los que han sido mis vecinos. Señora doña Solita, diga usted a su padre que he venido a traerle una carta que llevaron a casa.

—¡Una carta! —repitió Gil de la Cuadra, que también se había acercado a la puerta.

Un momento después, don Urbano desdoblaba con febril impaciencia el papel, diciendo:

—¡Es de Anatolio!... ¡de tu primo!

Recorrió con la vista la carta. Su rostro pálido encendiose de pronto y una viva exclamación de alegría brotó de sus trémulos labios.

—¡Viene!... Dios mío, ¿es cierto lo que leo? ¡Viene!... Lee tú, hija mía, viene resuelto a cumplir su promesa...

El infeliz anciano se desmayó. Sostúvole Naranjo, y cuando le llevaron a su cama y le tendieron y le rociaron el rostro y recobró el conocimiento, exclamó:

—¡Hay Dios, hija de mi corazón, hay Dios! Abrázame... Más fuerte. Soy el hombre más feliz de la tierra.

VII

—Vuélveme a leer esa carta que me ha dado la vida —decía el padre a la hija media hora después, hallándose ya completamente solos—. Repíteme una a una sus consoladoras palabras.

Soledad volvió a leer.

—Se excusa de no habernos escrito —manifestó Gil—. ¡Pobrecillo! Ha estado enfermo, ha tenido que hacer un viaje largo, penoso. ¿Cuántos días estuvo en la cama?

—Cuarenta y dos. ¡Pobre primo!

—¿Y cuánto tardó desde Santander a Logroño?

—Catorce días, caminando entre ventisqueros, hielos y tempestades.

—¡Desgraciado! ¡Y dice que viene resuelto a cumplir su promesa! Lee eso otra vez. Y que llegará... ¿cuándo?

—El 11 o el 12.

—Es decir, mañana o pasado. Hija de mi alma, abrázame otra vez. Ya tienes amparo, ya tienes apoyo en tu orfandad; ya puedo morirme, ya puedo entregar a la tierra este miserable despojo de mi cuerpo y decirle: «ahí tienes, tierra, lo que pides. Ya no te lo disputaré ni un día más.»

—Llegará mañana o pasado —repitió Soledad pensativa.

—¡Y yo dudaba de Dios! ¡Dudaba de su misericordia infinita! ¡Qué hermosa lección me has dado, chiquilla!... Pero observo que no estás tan alegre como yo.

—Sí, padre, estoy contentísima.

—¿Y no dices más?

—Dice también que ha pedido pasar a la Guardia Real, donde servirá algún tiempo.

—¡A la Guardia Real! Muy bien. Bravo yerno tendré. ¡Qué bien le sentará el uniforme! ¿No es verdad que le sentará bien?

—¡Oh! Admirablemente.

—¿Saldremos a recibirle? ¿No dice por qué puerta entrará, ni a qué hora?

—No señor.

—Lo averiguaremos. Mira, hija, quiero salir a paseo; quiero dar una vuelta por las calles.

—Me alegro infinito —dijo Sola, demostrando verdadero gozo—. Hoy hace buen tiempo. Saldremos esta tarde y daremos un buen paseo.

—Y nos sentaremos bajo un árbol en la Cuesta de la Vega. Parece que recobro las fuerzas.

—¡Dios mío, si yo viera a mi padre sano, tranquilo y feliz!... —exclamó Soledad cruzando las manos.

Gil de la Cuadra se sentó en el sillón, tomó la cabeza de su hija para estrecharla ardorosamente contra su pecho y derramando lágrimas de ternura, habló de este modo:

—Ya puedo morirme tranquilo; ya no quedas sola en el mundo... ¡Pobrecilla, cuánto he padecido por ti! Por ti y nada más que por ti. Si tú no existieras, ¿qué me importaría la miseria, qué la deshonra?... Me despedazaba el corazón la idea de morir y dejarte sola, sin un pariente, sin un amigo...

—Hubiera encontrado alguno—, dijo entre sollozos Soledad.

—No hubieras encontrado más que desvíos: yo conozco el mundo. ¿Quién se acordaría de ti?

—Alguien...

—Nadie. Ahora tu porvenir está seguro. Dios nos ha favorecido después de tantas penas. ¡Bendita sea su misericordia infinita, de la cual he dudado en estos días de angustia y desaliento! He sido malo, muy malo, porque he dudado de Dios. Mientras tú con tu fe angelical afrontabas serena las contrariedades confiando en el porvenir, yo me entregaba a una febril desesperación. Mientras tú, fiada en tus ilusiones asegurabas que había una Providencia para nosotros, yo, atento a la realidad, no veía más que tinieblas en derredor nuestro. ¿Y sabes hasta dónde llegó mi maldad y la flaqueza de mi razón?

Soledad no contestó, aunque creía poder contestar.

—Pues llegó hasta idear la más ruin, la más perversa de las soluciones al conflicto en que nos encontrábamos.

—¡Morir! —dijo Sola con voz débil.

—Morir por mi propia mano; morir los dos, tú y yo; marchamos juntos de este mundo que no quería sostenernos y que nos arrojaba de sí.

Solita se estremeció de terror en los brazos de su padre.

—Esto es espantoso; pero yo estaba decidido a hacerlo, decidido, hija mía, y lo hubiera hecho. Se había clavado esta idea en mi entendimiento y de ningún modo podía librarme de ella. Pensaba en mi crimen a todas horas, de día y de noche, en sueños y despierto. Si al principio me causaba espanto, al fin pensar en él era una delicia para mi enfermo espíritu... ¡Ah, qué dulce es ahora para mí confesarte mi falta! Me parece que se la estoy contando a Dios en persona, y al hacerlo, mi alma se libra de un peso enorme... ¡Pobrecilla! Tú habías comprendido mi demencia, porque tenías buen cuidado de guardar los cuchillos y todo instrumento que pudiera servir para arrancar la vida; guardabas hasta las tijeras. Yo buscaba como un loco, y ni alfileres podía encontrar en toda la casa.

Soledad sonreía.

—Me desesperaba tu capricho de esconder los cuchillos. Me parecía una manía absurda, ridícula; mientras la mía se me antojaba muy natural. Yo discurría todos los medios; yo soñaba con pistolas que levantaran la tapa de los sesos, con puñales que traspasaran el corazón, con tenedores que abrieran las venas, con cuerdas que ahorcaran, con braserillos, cuyo humo, produciendo dulce letargo, adormeciera por toda la eternidad. Si hubiera tratado de matarme yo solo, la cuestión habría sido harto sencilla; mas era preciso que muriésemos los dos; pues de otro modo no tenía gracia, ¿no es verdad que no tenía gracia? Mi idea era que abandonáramos la vida juntos, abrazados, estrechamente unidos. Más de una vez traté de confiarte mi pensamiento, a ver si tú lo aprobabas, si querías, como yo, dejar este valle de lágrimas, conformándote con el suicidio; pero ¡ay! te veía tan serena, tan resignada a la vida; observaba en ti tanta fe y una convicción tan profunda de que había Providencia para nosotros, que no me atreví a decirte una palabra.

—Sí, padre; yo creía y creo que teníamos Providencia.

—¿Antes de recibir esta carta?

—Antes.

—¿Cuál? —preguntó Cuadra concierta incredulidad.

—Una Providencia.

—Pero eso es muy vago.

—Un amigo...

—¡Un amigo! No conozco ninguno.

—Cobrábamos nuestra pensión.

—Pero después de muerto tu padre, ¿quién te hubiera dado la pensión?

—¡Qué sé yo!... pero...

—¿Quién te hubiera dado nombre, posición, bienestar?

—Alguien; uno, ¡quién sabe!... —repuso Soledad queriendo decir una cosa y no sabiendo cómo decirla.

—Vamos, no hables majaderías. Tú no puedes discurrir como discurro yo, con conocimiento de causa. Una muchacha siempre es una muchacha, y puede tener sensibilidad, fe, piedad, instinto, delicadeza; pero nunca un criterio claro para apreciar, como los hombres, las cosas del mundo.

—Será por eso.

—Yo no podía contar con tu consentimiento. Dirás que era una crueldad mía el quitarte la vida; pero si bien se mira, librarte de la miseria era quererte bien. Hay distintos modos de amar a los hijos. Yo prefiero verte muerta a que vivas deshonrada y miserable. No, no, morir conmigo no era tan lastimoso como vivir sola y sin amparo. Yo tengo de la muerte una idea algo romana. Hay momentos en que es la mejor de las soluciones. ¿No crees tú lo mismo?

—Alguna vez, ¿por qué no?

—Yo deseaba —añadió Gil de la Cuadra—, que hubiera mar en Madrid. ¡Oh! El mar es admirable para los desesperados. Abrazaditos, como dos niños que duermen juntos, nos hubiéramos arrojado a él... Pero en Madrid no hay mar.

—¿Y los estanques del Retiro?

—Tienen antepechos. Sin tu consentimiento hubiera sido muy difícil... Yo discurría, discurría, y al fin, hija mía, pensé en el veneno.

—¡Jesús!

Soledad cerró los ojos y palideció.

—¿Te aterras?... Pensé en el veneno. ¿Pero cómo adquirirlo? Tú no me dabas respiro; y empeñada en que había Providencia, empeñada en vivir contra viento y marea, escondías el dinero. Sin duda temías...

—Sí, también me ocurrió lo del veneno.

—Pero yo iba juntando cuartos. Mira, aquí en el seno tengo catorce y algunos ochavos. ¡Pobre hija mía de mi corazón! ¡Qué lejos estabas de que yo, cuando salías, registraba tus bolsillicos para robarte lo que olvidabas en ellos!

Soledad sentía el corazón oprimido y apenas podía respirar.

—¡Qué pálida estás, hijita! —le dijo su padre, levantándose con más brío que de ordinario—. Ya todo eso pasó, y no hay que pensar en muertes ni en venenos. ¿Sabes lo que me ocurre?

—¿Qué?

—Que nos vayamos de paseo.

Gil sacó de su seno los cuartos que había reunido.

—¿Ves estos cuartos destinados a tan fatal proyecto? ¡Oh! ¡Dios mío cuán bueno has sido para mí y para mi adorada hija!... ¿Ves estos cuartos, Sola? Pues ahora vamos a tomar el Sol a la Cuesta de la Vega, y con ellos compraremos avellanas y nos las comeremos tan alegres.

Diciendo esto, Gil de la Cuadra se encasquetó el sombrero con la presteza de un estudiante calavera.

—Vamos, vamos a paseo. Compraremos las avellanas en lugar del veneno. Pero mejor será piñones.

—Avellanas.

—Piñones, que las avellanas son pesadas.

—Dices bien. Pues piñones.

—Compraremos piñones.

—Y nos los comeremos, se entiende... ¡Ah! y trataremos de averiguar por qué puerta entrará Anatolio y a qué hora.

—¿Pero cómo hemos de averiguar eso, padre?

—Tienes razón, hija: entre él y no nos cuidemos de la puerta... Quizás los de la Guardia Real sepan cuándo viene. Si encontramos a alguno le hemos de preguntar. Qué bien le sentará el uniforme, ¿eh?

—Admirablemente —respondió Sola poniéndose la mantilla.

Salieron. Soledad, obligada a sostener la conversación que sobre mil puntos entablaba su padre, cuya locuacidad repentina no conocía el cansancio, necesitaba de grandes esfuerzos para que no se conociera su tristeza.

—¿Por qué suspiras? —le preguntaba él a ratos—. ¿No estás contenta como yo?

—Sí estoy contenta.

En la plazuela de los Caños encontraron a don Patricio, que aún no había dejado su uniforme. Gil de la Cuadra le saludó con cortesía y hasta con amabilidad, diciéndole:

—No sé si le di a usted las gracias por haberme llevado aquella carta. Estaba tan conmovido...

—¿Traía buenas noticias? ¿Qué tal van los negocios? ¿Se trabaja?

—Era de un sobrino mío, que pasa ahora a la Guardia Real... Alférez de la Guardia Real, señor don Patricio.

—¡De la Guardia Real! Bien.

> En la tal pastelería
> se hacen pasteles muy buenos:
> pasteles y nada más:
> pasteles ni más ni menos.

—¿Qué dice usted?

—Que a ese joven de la Guardia Real le advierta usted que ande con pulso. Yo digo como *El Zurriago*:

> Y si de nuestras voces no hacen caso,
> con el martillo se saldrá del paso.

—Usted no olvida sus coplitas —dijo Gil de la Cuadra mostrando un humor festivo que en mucho tiempo no se le había conocido—. Pues allá va esa:

> Dijo el sabio Salomón,
> que para mandar a bueyes

no se necesitan leyes;
basta solo un aguijón.
—Pues Yo digo:

Ay le le, que toma, que toma;
ay le le, que daca, que daca:
ya no bastan las razones,
apelemos a la estaca.

Y si esta no le gusta, allá va otra:

¡Qué martillito tan bonito!
¡Qué medicina singular!
tú harás cesar todos los males
como te sepan manejar.

D Patricio se separó de sus antiguos vecinos.

—Después de todo —dijo el señor de la Cuadra cuando seguían su camino—, ese hombre no es más que un gran majadero.

Prosiguieron lentamente hacia la Cuesta de la Vega. Gil de la Cuadra detenía a todos los soldados de la Guardia Real para pedirles noticia de su sobrino; pero ninguno supo decirle nada de fundamento.

VIII

A los dos días el desgraciado don Urbano tuvo el inefable placer de abrazar a su sobrino.

—Ven a mis brazos, hijo mío de mi corazón —exclamó el anciano desvanecido por la felicidad—. Esta es tu esposa, mi hija querida.

Anatolio Gordón era un muchachote corpulento, tan rubio que el pelo y la cara casi parecían del mismo color, siendo sus cejas casi blancas y las pestañas como las de un albino. Su cara pecosa y arrebolada estaba siempre risueña, cualidad que se avenía bien con la redondez de la misma, y con sus facciones agraciadas y poco varoniles. Bigote amarillo, como madejilla de hilos de oro pálido ornaba su boca no menos encarnada que una cereza, y sin aquel ligero emblema de su condición masculina, la cara del primo Anatolio habríase confundido con la de una asturianaza guapetona o mofletuda pasiega. El musculoso cuerpo representaba hercúlea fuerza, y sus manazas parecían más propias para romper los objetos que para cogerlos. En todo él revelábase poco hábito de las formas urbanas y una franqueza campesina que por cierto no era desagradable. Finalmente, el conjunto de la persona de Anatolio Gordón predisponía en su favor, y nadie, al verle, podría negarle un puesto honroso, o quizás el primero, entre los excelentes muchachos.

Hízole sentar a su lado don Urbano y no se saciaba de contemplarle.

—Yo creí que vendrías de uniforme —dijo estrechándole las manos—. ¡Pero qué grandón estás! ¡Cómo has crecido, hijo! De seguro que no habrá en toda España un mozo más guapo que tú. Si vieras qué alegría nos has dado con tu carta... Yo creí que nos habías olvidado.

—Tengo que pedirles a ustedes perdón —dijo Anatolio con torpeza, pues era algo corto de genio—, por haber estado tanto tiempo sin escribirles.

—Déjate de excusas ahora...

—Pero siempre tuve intenciones de volver, siempre he tenido presente lo que mi madre me dijo al morir...

Mirando a su prima Anatolio se puso como la grana.

—Yo no podía explicarme tu silencio —manifestó Cuadra—. Mejor dicho, yo había perdido la esperanza de que vinieras. Mi hija, esta buena hija, que ha sido mi consuelo y mi luz, esperaba siempre, confiando en la Providencia.

—No tarda quien viene. Aquí estoy al fin —dijo Anatolio con expresión desabrida—, aquí estoy a la disposición de usted, querido tío.

Solita no chistaba, concretándose a ver y oír. La conversación de Anatolio no era por lo común, muy interesante, y aquel día redújose a fórmulas frías de felicitación y a pormenores de su viaje y de su instalación en Madrid. Anunció a su tío que una vez arreglados sus asuntos militares, le visitaría dos veces todos los días, siempre que no estuviera de servicio, siendo de tres o cuatro horas cada visita. No hablaron en aquella primera conferencia de la proyectada boda, lo cual pareció muy decoroso a Gil, y se despidió el joven hasta la tarde, dejando en el anciano impresión felicísima y en la joven una especie de estupor frío que no se podía explicar.

Anatolio volvió al siguiente día con su uniforme de infantería. Sin estar mal, no podía decirse que fuera un modelo acabado de apostura guerrera. Ya fuese que engordara bastante después de estrenada la casaca, ya que el sastre se quedó corto al hacerla, ello es que un grave conflicto parecía inminente por haber más cuerpo que paño; que este se reventaba y aquel quería por las costuras a toda prisa salirse.

Aquel día empezó por hablar de sus asuntos y del plan de conducta que se había trazado respecto a su carrera.

—Pienso abandonar la milicia en cuanto haya servido un par de meses en la Guardia. No me gusta esta maldita carrera, y soy partidario de que el buey suelto... ya me entienden ustedes.

—Apruebo esa determinación —repuso Gil de la Cuadra, que no podía pensar nada distinto de lo que pensara su futuro yerno.

—Felizmente no le falta a uno con qué vivir —añadió el mancebo con énfasis—, y yo creo que trabajando en lo que tengo no nos irá mal.

Al decir *nos* Anatolio miró a su prima, y Gil de la Cuadra, que pudo advertir palabras y mirada, sintió una sensación de gozo como si los ángeles le cogieran en brazos para llevarle al cielo.

—Dime una cosa —preguntó don Urbano, a quien la satisfacción le salía chispeante por ojos y boca—, ¿conservas aquella haciendita tan preciosa de Cangas?

—Sí señor —repuso Anatolio poniendo una pierna sobre la otra y echando el cuerpo atrás—. La conservo, y los dos prados de al lado; aquel pequeño, que era del procurador Sotelo, y el grande, de doña Nicanora. Voy uniendo todos los pedazos que puedo, porque quiero hacer una hacienda grande, muy grande.

—¿Y las dos herrerías de Mieres?

—También, también las conservo. ¿Pues qué, las había de vender? No las daría por cinco mil duros.

—¡Caramba! —exclamó Gil mirando a su hija—. Y me dijeron que de la testamentaría de tu abuelo materno te tocó una casa en Luarca.

—Una casa, una cuadra y un taller de carretería. Los tengo arrendados, y aunque no son gran cosa, dan... Sí señor, dan.

—Luego, tú eres tan bien arreglado, tan cuidadoso de tu hacienda, tan formal, tan económico... Te pareces a tu buena madre, que en gloria esté.

—Además tengo un crédito en la casa del Excelentísimo señor duque del Parque, mi paisano, y amigo que fue de mi señor padre.

—¿El duque del Parque? Ya sé, general y diputado, político y orador... Es de los exaltados y martilleros.

Al oír nombrar al duque, el corazón de Solita le saltó en el pecho, como un loco en su jaula.

—Mi padre —prosiguió Gordón—, anticipó una cantidad al señor duque para reparación de dos molinos en el río Pigüeña, y además se quedó con las obras para la subida de aguas a las huertas de Cabruñana. No le pagaron, y ahora la administración de Su Excelencia dice que los papeles no están claros. Yo porfío que sí, y vamos a tener pleito, aunque espero que hablando yo mismo al señor duque que está en Madrid, y recordándole lo que pasó, reconocerá la deuda y me pagará por buenas.

—Sí, te pagará... Si es cosa clara...

—Son al pie de seis mil duros.

—¡Seis mil duros!... Querida Sola, ¿por qué no me abres la ventana? Me falta aire que respirar.

Gil de la Cuadra quería meter toda la atmósfera en sus pulmones.

Al día siguiente Anatolio se atrevió a hablar a su prima de algo parecido a amores. Hasta entonces una violenta cortedad le había impedido tocar tan delicado punto. Estaban solos.

—Soledad —le dijo—. Mi madre y tu padre nos destinaron a casarnos. Yo estoy contento, ¿y tú?

—Yo quiero todo lo que quiere mi padre —repuso Solita.

Estaba pálida como una muerta, y sus palabras parecían suspiros.

—Yo bien sé que no me puedes querer... —añadió el mancebo—. Pues mira tú, yo te quiero a ti, aunque no te he visto sino cinco días. Hasta ahora ninguna mujer me ha gustado más que tú. Dime, ¿tienes deseos de ir a Asturias?

—Yo estoy bien en todas partes.

—Bien contestado... pero dime, me encontrarás un poco palurdo, ¿no es verdad?

—¡Qué cosas tienes! ¿Tú palurdo?

—Digo... En comparación contigo. Porque tú eres muy señorita, y tienes un aire divino que no está mal, no está mal. Haremos buen par. Tú me afinarás y yo te embruteceré un poco.

Diciendo esto reía con la inocencia de un niño o un salvaje.

IX

¡Qué días aquellos los de la primavera del 22! En otras épocas hemos visto anarquía; pero como aquella ninguna. Nos gobernaban una Constitución impracticable y un Rey conspirador que tenía agentes en el Norte para levantar partidas, agentes en Francia para organizar la reacción, agentes en Madrid para engañar a todos. En nombre de la primera legislaba un Congreso de hombres exaltados. En representación constitucional del segundo gobernaba un Ministerio presidido por un poeta. El Congreso era un volcán de pasiones, y allí creían que las dificultades se resolvían con gritos, escándalos y bravatas; el Rey sacaba partido de las debilidades de unos y otros; el Ministerio se veía acosado por todo el mundo, pero su honradez y sus buenas letras no le servían de nada.

El ejército estaba indisciplinado. Unos cuerpos querían ser *libres*, otros vitoreaban al REY NETO. Los artilleros se sublevaban en Valencia, los carabineros en Castro del Río, y la Guardia Real acuchillaba a los paisanos de Madrid. La Milicia Nacional bullía en todas partes inquieta y arisca; sublevábase la de Barcelona gritando *Viva la Constitución*, mientras la de Pamplona, enfurecida porque los soldados aclamaban a Riego, les hizo fuego al grito de *Viva Dios*. En Cartagena las mujeres se batían en las calles confundidas con los milicianos.

No había tierra ni llano donde no apareciesen partidas, fruta natural de la anarquía en nuestro suelo. En Cataluña dos célebres guerrilleros de estado eclesiástico, Mosén Antón Coll y fray Antonio Marañón, *el Trapense*, arrastraban a los campesinos a la guerra santa. El segundo, con un Crucifijo en la mano izquierda y un látigo en la derecha, conquistaba pueblo tras pueblo, y al apoderarse de la Seo de Urgel, asesinaba con ferocidad salvaje a los defensores prisioneros. En Cervera los capuchinos hacían fuego a la tropa. En Navarra imperaba Quesada, y no lejos de allí Juanito y don Santos

Ladrón. Había aparecido en Castilla don Saturnino Albuín, el célebre Manco, a quien en otro lugar conocimos,[2] y en Cataluña despuntó, como brillante aurora, un nuevo héroe, joven, lleno de bríos que empezaba con grande aprovechamiento la carrera. Era Jep dels Estanys. En Murcia empezaba a descollar otro gran caudillo legendario, Jaime el Barbudo, que iba de lugar en lugar destrozando lápidas de la Constitución.

Las grandes Potencias estaban ya extremadamente amostazadas, viendo nuestro desconcierto. Francia sostenía en la frontera su célebre cordón sanitario. Roma se negaba a expedir las bulas a los obispos nombrados por las Cortes. Iba a reunirse el Congreso de Verona, con el fin que todos saben, y en él un literato no menos grande que el nuestro, echaría pronto las bases de la intervención extranjera. Las Américas ya no eran nuestras, y en México Iturbide tenía medio forjada su corona.

Poseíamos una prensa insolente y desvergonzada, cual no se ha visto nunca. Todos los excesos de hoy son donaires y galanuras comparados con las bestialidades groseras de *El Zurriago* de Madrid y *El Gorro* de Cádiz. Los insultos del primero encanallaban a la plebe. Nadie se vio libre de la inmundicia con que rociaba a los ministros, a los diputados moderados, a las autoridades todas. El Gobierno, no teniendo ley para sofocar aquella algarabía indecente, la sufría con paciencia; pero los polizontes, que no entendían de leyes, imaginaron hacer callar a *El Zurriago* de una manera muy peregrina. Se apoderaron de Megía, su redactor, y después de esconderlo durante dos días, le metieron en una alcantarilla. Era, según ellos, el paraje donde debía estar. Pero Megía salió, y después de limpiarse, enarbolaba de nuevo su asquerosa bandera con el lema:

> No entendemos de razones,
> moderación ni embelecos:
> a todo el que se deslice
> zurriagazo y tente perro.

En este desconcierto dos hombres de acción y energía, pugnaban por afirmar el principio de autoridad. Eran el jefe político Martínez de San Martín,

---

2   Véase *Juan Martín el Empecinado*. (N. del A.)

llamado por el populacho *Tintín de Navarra*, y el general Morillo que ganó en América la corona condal de Cartagena de Indias, militar denodado y buen caballero.

Tal era el cuadro que ofrecía esta Nación privilegiada en junio de 1822.

Fijábase entonces la atención del país entero en la Guardia Real, porque casi todos los individuos de ella eran partidarios del *Rey neto*, profesando esta opinión con tanto franqueza y desparpajo, que a cada momento la manifestaban a sablazos. En formación o sin ella, los guardias eran propagandistas muy celosos del absolutismo, y ya podía encomendarse a Dios quien delante de ellos osase pronunciar el *viva Riego*. Aborrecían *El Zurriago*, que diariamente les ponía cual no digan dueñas y despreciaban a los milicianos nacionales. El Rey no solo les protegía sino que les azuzaba, haciéndoles instrumento de las oscuras tramas palaciegas; los ministros les tenían más miedo que si fueran el ejército de Atila, y Morillo aspiraba a amansarles, reconciliándoles, ¡oh inocencia! con la Milicia Nacional.

En su soberbia, creían los arrogantes pretorianos que podían hacerlo todo, dar un puntapié a aquel desvencijado armatoste del constitucionalismo, y devolver al Rey sus facultades *netas*, poniendo las cosas en estado semejante al que tuvieron en el venturoso 10 de mayo de 1814. Pero a pesar de la anarquía que pudría el cuerpo social, esto era más fácil de decir que de hacer.

¿De qué manera trataba el Congreso de sojuzgar al espantable monstruo de la Guardia, que amenazaba tragarse a Cortes y libertad? ¡Ay! Los padres de la patria oían sonar los primeros truenos de la tempestad, y decían: −Que se organizase mejor y con más desarrollo la Milicia Nacional. −Que los jefes políticos despertasen el entusiasmo liberal por medio de himnos patrióticos, músicas, convites y representaciones teatrales de dramas heroicos para enaltecer a los héroes de la libertad. −Que los obispos escribiesen y publicasen pastorales, poniendo por esas nubes la sagrada Constitución. En cuanto a la Guardia, como molestaba tanto, decidieron que lo mejor era suprimirla por un decreto.

En esta situación política, la Milicia Nacional voluntaria (el Gobierno quería con razón hacerla forzosa) era la institución más feliz del mundo y los milicianos los hombres más bienaventurados de Madrid. Ellos no trabajaban, concurrían diariamente a festejos cívicos en que se empezaba comiendo y se concluía bebiendo; eran estimados por el vecindario, por nadie temidos, y únicamente por los serviles guardias despreciados. Se daban buena vida, vestían lujosos uniformes, formaban gallardamente en las procesiones, tiraban al blanco, y se tenían por el más firme sostén del Trono y del Sistema.

Verdad es que con tantas ocupaciones fuera de casa, más de un hogar estaba abandonado, muchas herramientas rodaban mohosas por el suelo, los chicos no iban a la escuela, y el presupuesto y arreglo domésticos se resentían notoriamente. En las regiones más altas advertíase que muchos libros habían sufrido la infamante pena de horca; en diversas oficinas bostezaban cubiertos de polvo los expedientes, y en no pocas casas de comercio los géneros y las cuentas se resentían de falta de uso. En cambio bastantes jóvenes de elevadas familias habían moralizado sus costumbres, trocando las calaveradas dispendiosas por la holgazanería disciplinada de las formaciones y de las guardias, lo cual ciertamente era una ventaja. Se habrá comprendido por estas observaciones, que la Milicia Nacional de entonces no era, como alguien puede creer, un organismo militar formado con carne plebeya y artesana, sino que todas las clases sociales habían puesto en ella su magra y su tocino. Jóvenes de la clase media y de las familias más distinguidas se honraban con el uniforme de la M. y la N.

No puede darse heterogeneidad más abrumadora que la de aquella sociedad política. El Rey era absolutista, el Gobierno moderado, el Congreso democrático; había nobles anarquistas y plebeyos serviles. El ejército era en algunos cuerpos liberal, en otros realista, y la Milicia abrazaba en su vasta muchedumbre todas las clases sociales. Solo la Milicia era lo que debía ser. Ya se verá también que era lo que más valía.

X

Hacían la guardia los milicianos en diferentes puntos. Visitémosles en uno de ellos, en la Casa-Panadería. Aquel edificio tenía entonces el mismo aspecto de hoy, es decir, que parecía estar roído por los ratones y manchado por las moscas. Su frontis, lleno de figuras al temple, no había palidecido tanto, es verdad, y conservaba algo del rojo subido, especie de reflejo de las llamaradas de los autos de fe; pero el cuerpo bajo y la galería de sillares estaban ya comidos de miseria, como se suele decir; tal era su deplorable vista a causa del tiempo y el abandono. En la gran sala baja estaba el cuerpo de guardia, el cual era dormitorio, comedor, garito, locutorio, cátedra, café, con mucho de club y no poco de casino, y hasta de logia, apurando mucho.

Era una noche de fines de junio clara y tibia. Los milicianos, sentados en banquetas o en sillas, tenían su tertulia bajo los arcos. Había jóvenes y viejos de distintas clases sociales, divididos en grupos que formara la edad, la simpatía o tal vez la posición, porque en medio de tanta fraternidad, el principio ecualitario no tenía una aplicación perfecta, como es de suponer, ni se olvidaban los nombres y las fortunas. Más que la jerarquía social era puesta en olvido la militar, porque soldados rasos y oficiales se trataban de tú, bebían en un mismo vaso y cambiaban, partiéndola entre uno y otro, una misma peseta.

—Allí viene el gran don Patricio —dijo en el principal grupo un mozo bien parecido, con insignias de sargento de granaderos—. ¿A que no saben ustedes qué es lo que le trae tan alterado y furioso?

—Que casi todos los chicos de la escuela se le van marchando. Eso ya lo presumíamos.

—Si no enseña más que tonterías... Se ha empeñado en que la Historia romana ha de ser antes que la escritura. Si quieren ustedes pasar un buen rato, lléguense un día por la escuela. Ni en el teatro se ríe uno más.

—Era el mejor maestro de Madrid antes de meterse a patriota —dijo un jovenzuelo, con charretera de teniente—. Mama ha quitado de su escuela a mis dos hermanitos, Manolo y Braulito, porque iban a casa cantando los versos de *El Zurriago* y no sabían palotada.

—¡Pobre don Patricio! —exclamó un capitán que ya era hombre mayor—. Pues yo no he quitado a mi chico por... por pereza, porque estas cosas de la Milicia le traen a uno tan ocupado... pero mañana mismo le saco de Roma y Cartago.

—La gran pena de este pobre hombre es que todos sus alumnos se los arrebata un tal Naranjo, a quien no puede ver ni en pintura, porque es servil, porque enseña por Torío, y sobre todo, porque le quita la clientela.

—Naranjo, Naranjo —dijo el preopinante, haciendo memoria—. Yo he oído ese nombre. ¿A ver si lo tengo aquí?

Sacó una cartera, y a la luz del farol que había en la pared, miró.

—Sí, aquí lo tengo. Buen pájaro... Amigo de don Víctor Sáez, el confesor de Su Majestad y del conde de Moy, coronel de guardias. Hay sospechas de que conspira.

En tanto don Patricio, que venía de uniforme por estar de guardia aquella noche, habíase unido a un grupo de milicianos de su calidad y estofa, y dejaba oír su grave voz en toda la arcada. Los jóvenes no se volvieron a ocupar de él.

—Más quiero tirar de un carro que ser hurón de conspiraciones —dijo el de la cartera.

Sentándose con muestras de fastidio, encendió un cigarro. Aquel capitán era una figura demasiado grande y luminosa en el cuadro de los sucesos de 1822 para que le dejemos pasar con una simple mención. Fue su cuna la calle de Toledo, y un comercio de hierro muy acreditado que heredó de su honradísimo padre, y que beneficiado por él, pudo transmitir a sus honradísimos hijos y a sus honradísimos nietos, que fueron años adelante tan milicianos nacionales como él. Más que un hombre, don Primitivo Cordero era una especie. Su morrión, como las flores que se reproducen de año en año, ha brotado, digámoslo así, en períodos diversos siempre con igual lozanía.

El primer rasgo de su carácter es la hombría de bien y su comercio de hierro un modelo de buena fe y crédito y orden. En las relaciones sociales jamás engañó a sus semejantes, ni calumnió, ni estafó, ni maltrató a nadie. Si no odiara con toda su alma a los serviles, se le tendría por paloma torcaz antes que por hombre. Con sus amigos es leal y cariñoso, y su opinión de buen muchacho está tan arraigada, que ha llegado a ser dogma de fe desde los portales de Bringas hasta el portillo de Gilimón. En su casa es modelo de padres y esposos. Para que nada le falte hasta es buen católico, y cumple con la Iglesia sin dar que decir al sacristán de su barrio, ni menos al cura, que sabe lo que pesan la cera y las limosnas y las misas del señor don Primitivo Cordero.

El segundo rasgo de su carácter es menos simpático: consiste en la ignorancia. Don Primitivo no ha hecho estudios mayores, por no ser esto costumbre en el género de ferretería y en doscientas varas a la redonda de Puerta Cerrada. No se ha roto Cordero los codos en Alcalá ni en Salamanca, ni en ningún colegio ni seminario; de modo que sus letras son simplemente las del alfabeto. En cambio escribe por Iturzaeta con envidiable perfección; sus trazos son tan elegantes que casi invaden los regios dominios del arte, y su rúbrica, pieza de grandísimo mérito, le envanece, no sin motivo, hasta el extremo de que no pierde ocasión de lucirla.

Fuera de esto, don Primitivo *ignora todo lo ignorable*, según la frase de un contemporáneo suyo, y así como el pájaro no sabe lo que canta, él jamás ha sabido ninguna cosa referente a sistemas políticos. Tiene ideas confusas, bebidas en una copla de *El Zurriago*, en un discurso de Argüelles y hasta en una frase inspirada de Pujitos; tiene, más que ideas, un sentimiento muy vivo de la bondad de las Constituciones liberales y una fe ciega y valerosa como la fe de los mártires, que desafía las polémicas, que desprecia los argumentos y se dispone a gritar y morir, jamás quebrantada ni disuadida. Don Primitivo Cordero no acierta a comprender que puedan existir opiniones distintas en política: no puede comprender que haya más que una opinión, la suya. De ahí resulta su convencimiento de que los serviles, moderados y clerigones piensan como piensan por interés, siendo todos ellos farsantes hipócritas y egoístas. Para Cordero el mayor beneficio que puede hacerse a la humanidad es obligarla por la fuerza a tener la única opinión posible, su opinión de él, que es la más razonable, la más lógica, la más conveniente. No pensar como él piensa es simplemente obra de la astucia o del interés bastardo, de lo cual deduce que todos los que no aman el Sistema son unos pillos.

El tercer rasgo de su carácter es una sumisión incondicional a otras personas de más seseras dentro del partido, en tales términos, que él no hace sino lo que ellos hacen y dice todo lo que ellos dicen. Don Primitivo, en los tiempos de 1822, o sea en su primera encarnación, tenía por oráculo al jefe político *Tintín de Navarra*. Le ayudaba, le servía, le formaba en unión de otros buenos comerciantes de la calle de Toledo, una pequeña corte, o más bien una de esas comparsillas que rodean a los personajes de segunda y tercera magnitud.

El cuarto rasgo de su carácter en todas las encarnaciones de don Primitivo Cordero es cierta templanza de hombre establecido y bien acomodado. Detesta las exageraciones y el derramamiento de sangre. Ha oído hablar de una cosa nefanda, la revolución francesa, y le parece execrable; ha oído hablar de hombre espantoso, Marat, y le parece un monstruo, que mandaba matar gente por gusto. Él no quiere que en su país pasen estas cosas, y opina que para convencer a los reacios, deben emplearse, cuando más, algunos palos bien dados.

El quinto rasgo (porque son cinco) de su carácter es una gran predilección por la forma, dándole más importancia que al fondo. En la Milicia, por ejemplo, lo principal es el uniforme, en el Gobierno las palabras, en la política general los himnos. Un viva dado a tiempo, un pendón bien tremolado, parécenle de más poder que todas las teorías. Él cuenta siempre con un agente de gran valía para resolver todos los conflictos políticos, el entusiasmo; así es que casi siempre está entusiasmado. He aquí una cosa en que no se equivocaba el bueno de don Primitivo Cordero. ¡Desgraciada sociedad la que desconoce el entusiasmo! Esto es evidente; pero al mismo tiempo debe advertirse que ni aun este noble estado del ánimo que dispone a las grandes acciones, está libre de extravíos, y que entusiasmarse fuera de tiempo y por cosas que no lo merecen, no es de hombres sesudos ni de graves políticos.

La persona de este excelente hombre era en los días de su primera encarnación bastante agradable. Gallarda figura, en la cual encajaba el uniforme a maravilla; mirada perspicua, mas no como de quien ve sino de quien cree ver lo oculto de las cosas; semblante varonil, algo petulante, con bigotes largos (pues los de moco no los llevó hasta su segunda encarnación); andar precipitado, arrastrando con horrísono repiqueteo marcial el sable, como quien va siempre deprisa a comunicar algo importante; voz sonora y cierto sentimentalismo en su conversación, como quien está dispuesto a llorar dando un *viva*, o a hacer pucheros cantando un himno; cierta disposición a la fraternidad, cierta generosidad aun con los enemigos; buena fe y lealtad, además de otras cualidades, completaban su persona en lo físico y en lo moral.

Era, además, hombre que gustaba de hablar en las esquinas y en los cafés misteriosamente, cuando topaba con sus amigos, de dar noticias a medias para confundir a las gentes, de no reconocerse nunca ignorante de ningún suceso, de dar a entender siempre que iba a pasar algo funesto, solo sabido por él y por *Tintín*; gustaba también de afectar el conocimiento de todas las tramas de los pillos, y siempre estaba deprisa, siempre comía a escape, siempre le apretaban las ocupaciones, siempre le estaban aguardando, siempre iba a casa del jefe político o al Ayuntamiento o a otra cualquier parte donde debía de ser imprescindible su presencia. Ni más ni menos era don Primitivo Cordero.

XI

—Trabajo es andar tras los conspiradores —le dijo el teniente—. Ahí tiene usted, amigo Cordero, una cosa para la que yo no sirvo.

—Yo tampoco, ni es de mi agrado —añadió el capitán—; pero San Martín se empeña en que lo haga, y no le puedo desairar. Es preciso que todos trabajemos por el Sistema. ¡Y el Sistema peligra, señores!

—¡Vaya que si peligra! —dijo el jovenzuelo a quien llamaban el Marquesito, por ser hijo de un marqués—. El Sultán conspira ayudado por el Tarmerlán de Francia, y dicen que Bayona es una fragua de conspiradores.

—Me han dicho —manifestó un tercero que no era más que sargento— que allá corre el dinero que es un gusto. Mataflorida, Eguía y Morejón son los agentes que manejan las partidas realistas del Norte. Esto se va poniendo muy malcarado.

—Ya, ya se tomarán medidas, señores —dijo Cordero con aplomo—. Los *siete carbuncos* son buenos sastres. Si creen ustedes que el Gobierno duerme, se equivocan. El Gobierno sabe todo lo que se trama.

—Pues yo —dijo el sargento—, no doy dos cuartos por lo que hagan los *siete carbuncos*[3]. Todos sabemos que Madrid mismo está lleno de agentes que entran y salen. El Rey manda sus soplones al Norte y el Norte envía sus correveidiles al Rey.

—Madrid lleno de agentes; ¡pero si ya lo sé!... Tanto romperle a uno la cabeza con los agentes —exclamó Cordero—. ¿Habrá alguien que lo sepa mejor que yo? Si les conozco a todos, como a los dedos de mi mano.

—¿Pues por qué no les prenden?

—Ya caerán. No se irá la fiesta por el repulgo.

—¿Y quién duda que los zurriaguistas y toda esa canalla exagerada, lo mismo que esos que han formado la *tertulia de los virtuosos descamisados* —dijo el Marquesito—, reciben también dinero de Palacio?

---

3   Los ministros. (N. del A.)

—Ya eso es más difícil de probar.

—Megía está vendido a los realistas. Por cada insulto le dan un duro.

—Sí, podrá ser... No digo que no. El oro de la reacción corre que es un gusto.

Volviose a oír otra vez la voz alta y sonora de don Patricio. Se acercaba de grupo en grupo.

—¿Qué me dirán ustedes a mí —objetó don Primitivo— que yo no sepa? Aquí en mi cartera tengo unas noticias que espantarían a ustedes si se las revelase. Pero a su tiempo maduran las uvas y todo se sabrá.

—¿A qué tantos misterios? La Guardia Real se subleva.

—¿Por orden del Rey?

—Por orden de los agentes de Bayona que son los que dan el dinero.

—Catorce agentes han llegado a Madrid en lo que va de mes —afirmó Cordero en voz alta—, ¿habrá quien me pruebe lo contrario?

—Y yo digo que cuatrocientos —gritó don Patricio acercándose a los tres jóvenes.

—Siéntese aquí el gran patriota —dijo el Marquesito ofreciendo una banqueta al simpático preceptor.

—Vaya un cigarro —insinuó Cordero ofreciéndoselo.

—No estará de más una copita, ¿eh? —le dijo el sargento.

Don Patricio a nada resistía.

—¡A la salud del gran Riego y de los redactores de *El Zurriago*! —exclamó después de vaciar una copa.

—Eso último no, canario. Aquí no queremos *Zurriagos*.

—Cada uno le reza a sus santos. Dicen que los zurriaguistas están vendidos al oro de Palacio; pero yo digo que quien se vende es el Gobierno; ¿estamos?

—Falta probarlo.

—Yo no pruebo nada.

—Más que el vino.

—Todos ustedes —añadió el preceptor, dirigiéndose con gran énfasis a don Primitivo—, están con los ojos vendados. ¿A qué hablar de agentes venidos del Norte si los han visto como yo a los Reyes Magos?

—¿Cómo se llama aquel de quien me habló usted aquí, y cuyo nombre no recuerdo? —preguntó Cordero sacando su cartera.

—Don Anatolio Gordón... Apunte usted ese y servirá de algo.

—Ya está.

—Es alférez de la Guardia, y antes de llegar a Madrid escribió una carta que vino a parar a mis manos.

—Y que usted leyó.

—Yo no abro cartas ajenas, ¡chilindrón! aunque en ello me vaya la vida —afirmó don Patricio con dignidad—. Pero sin abrirla sé lo que contenía... El buen sastre conoce el paño. Tengo yo mucho ojo.

—¿Y qué contenía?

—Avisos, planes, quizás estaría en cifra. No es preciso quebrarse los cascos para comprender, señores, que dentro de aquella epístola se encerraba el monstruo hediondo del despotismo.

—Bien.

—Y solo con ver a quien iba dirigida...

—¿A quién?

—A don Urbano Gil de la Cuadra... puede que no le conozcan ustedes... ¡Ya! a estos chicos de teta hay que enseñarles el A, B, C de la política. Gil de la Cuadra fue compañero del cura de Tamajón. Ambos hicieron aquel horrendo plan... ya saben ustedes.

—¡Sí, ya sé! Estuvo preso.

—Pero se escapó, y como nuestros Gobiernos de mantequilla protegen a todos los tunantes, y basta ser realista para ser mimado y recibir confites, Gil de la Cuadra volvió a Madrid y ahí está haciendo su santa voluntad y riéndose de ustedes. ¡Por los clavos de la chilindraina!...

Cordero apuntó.

—Basta saber dónde vive para comprender que no se ocupa, como el diablo cuando no tiene qué hacer, en matar moscas con el rabo.

—¿Y dónde vive?

—En casa de Naranjo, hombre de Dios. Vaya unos amigos que tienen los *carbuncos*. No saben más que farandulear con los uniformitos, y mientras el enemigo nos mina el terreno, ellos se ocupan de retorcer el bigotejo lleno de pomada. ¡Qué amigos tiene el Gobierno! Será preciso que nosotros los zurriaguistas, nosotros los locos, los furiosos, los descamisados, los republicanos, les digamos dónde está el lobo.

—¿En casa de Naranjo?

—Hombre abominable —dijo el Marquesito con sorna—, hombre feroz que enseña por Torío.

—¿Y Gil de la Cuadra recibió la carta? —preguntó Cordero, mojando el lápiz en la punta de la lengua.

—Y después que la recibió, salió... yo acechaba, señores, porque me ocupo de estas cosas, aunque *Tintín* no me pide su parecer... Pues bien, Gil de la Cuadra salió, y con todos los guardias que encontraba al paso hablaba, ¿eh? Después fue a la Cuesta de la Vega y entró en el cuartelillo de Palacio.

—Donde está el primer batallón.

—Pues no hallo en eso nada de particular —dijo el sargento.

—No... ustedes en nada hallan nada de particular. Cuando reviente la mina veremos si hay algo de particular. Si esto fuera pintar la mona les sorprendería a ustedes, pero esto es indagar, inquirir, vigilar a esa canalla...

Cordero apuntó otra vez.

—¿Y ese Naranjo?...

—Es el íntimo de don Víctor Sáez, que va a su casa todas las noches.

—¿Le ha visto usted?

—Como que no ceso de acechar la casa.

—¿Y el guardia?

—¿Gordón? Va también todos los días dos veces. Él ha de ser quien alcahuetea con sus compañeros. Gil de la Cuadra ha de ser el director. Pues no tiene poco intríngulis ese señor. Si le conoceré yo que he sido su vecino.

—Estos datos pueden ser de mucho valor, si se confirman con otros más positivos.

—Ustedes... ya se sabe —dijo don Patricio amostazado—, no creen en el peligro hasta que lo ven encima, no creen en el fuego hasta que se queman. Cuando vean que en menos que canta un gallo todo se lo come un perro, dirán: «¡oh, qué tontos hemos sido!» Estense como ahora, y ya verán. Los serviles nos harán largar la pellica en la plazuela de la Cebada, y entonces ya no habrá tiempo más que para dar un *viva* a la libertad con el último respiro.

Bien vamos, bien, en manos de *Rosita la Pastelera*...[4] Guerra y exterminio a los exaltados, gorros, descamisados y zurriaguistas, que quieren poner la república y desacreditar el Sistema, eso es: en cambio paz y protección a los serviles, a los criados de Palacio que están conspirando, a los cortesanos del 14 que aborrecen el Sistema. Para esos, cortesías y tolerancia; para nosotros, palos y cárceles. Muy bien, señor Cordero, muy bien se portan los amigos de usted. Por este camino pronto medraremos. ¿Sabe usted lo que pasa en Aranjuez, donde está la Corte?

Don Patricio, al hacer esta pregunta daba a sus rostro la expresión de un nigromante que va a revelar secretos terribles.

—No sé que pase nada de particular —repuso Cordero.

—Ya... Nada de particular. De modo que donde meten el rabo Infantado, Amarillas y Montijo, ¿no pasa nada de particular? Y donde hace sus guisados Rosita la Pastelera, ¿no pasa nada de particular? Donde está bulle que bulle la cuadrilla de anilleros, afrancesados, serviles, ¿no pasa nada de particular? Sí, porque el Emperador de la China, *Tigrekan*[5] está mano sobre mano. Y sus hermanos el príncipe Alfeñike[6] y el príncipe Pakorrito[7] tampoco hacen nada. No se conspira, no se tiene todo preparado de acuerdo con el infame Ministerio pastelero para acuchillarnos a los libres y proclamar el absolutismo. No; si no ocurre nada, si estamos en una balsa de aceite, si marchamos, marchamos, ¡re-chilindrones!, y *él el primero* por la sendita constitucional, si los guardias nos quieren mucho, si el Abuelo, y don Santos y el Trapense y Jaime el Barbudo son nuestros espoliques, si la cleriguicia nos mima y es capaz de jugar los Kiries por obsequiarnos...

—Se conspira contra el Sistema —dijo Cordero con hinchazón—; hay mucha pillería en Madrid y en la Corte, ya lo sabemos. Pero ¿quién tiene la culpa sino los anarquistas con sus escándalos?

—Eso es, nosotros, todo nosotros. Nosotros somos peores que *Tintín* y que *Tigrekan* y que *Trabuco*,[8] que es cuanto hay que decir —gruñó Sarmiento levantándose—. Cuidado, cuidadito, señores templados no se nos suba San

---

4   Don Francisco Martínez de la Rosa. (N. del A.)

5   Fernando VII. (N. del A.)

6   El infante don Carlos. (N. del A.)

7   don Francisco. (N. del A.)

8   Eguía. (N. del A.)

Telmo a la gavia, y entonces... Puede que nos cansemos de aguantar, ea... puede que algún día se diga: «Vaya, pues ya parió la Pepa», y entonces se sabrá lo que somos. Conque abur, señores formalitos. Memorias al amigo Tintín, señor Cordero, y expresiones a Trabuquito... Yo me voy, que entro de guardia.

—Pues ya se sabe: mañana no hay escuela.

—Me parece natural. ¿Es uno de palo? Desgraciados chicos si no se les da algún descanso.

Un nuevo personaje se presentó en el grupo. Vestía también de miliciano y era pequeño y avejentado, aunque muy vivaracho y flexible. Distinguíase principalmente por el color encendido de su alegre rostro, por su pequeña nariz picuda y sus gafas de oro. Aspecto menos marcial jamás se ha visto; pero tampoco fisonomía más bonachona que la de don Benigno Cordero, honrado comerciante de la subida a Santa Cruz y tío felicísimo de nuestro don Primitivo.

—¿Qué hay, tío? —le preguntó este.

—Pasado mañana viene Su Majestad —repuso don Benigno frotándose las manos—. ¿A cuántos estamos?

—A 26.

—Pues dentro de cuatro días, es decir, el lunes, tendremos gran formación, señores. Conque prepararse.

—¡Gran formación!

—Sí. El día 30 es la ceremonia de cerrar la legislatura. ¿Hay alguno en la compañía a quien falte el uniforme?

—A ninguno. ¿Conque el día 30?

—El día 30... —dijo don Patricio dando media vuelta—. ¿Formación? Bueno va...

Tintín sigue tan ufano,
y *Trabuco* tan contento...
Grandes planes se susurran;
hay varios pájaros presos.
 Don *Coletilla* en Bayona
está manando en dinero;

a fuerza de pesos duros
a media España ha revuelto.
 Andan por los barrios bajos
de la corte muchos cuervos.
Nos custodian las fronteras
veinte y cinco mil podencos.
 El martillo se perdió,
los valientes se murieron:
los gorros, ya no son gorros,
se van tornando en jumentos.
 Tigrekan salta de gusto
esperando ser *Rey neto*...
Parece que estamos tontos...
la cosilla tiene pelos...

Como recitaba en voz alta estos versos, sus compañeros le hacían coro con risas y agudezas.

XII

Anatolio, después que arregló el negocio de su entrada en la Guardia, fue a Aranjuez con la Corte. Gil de la Cuadra, durante la ausencia de su futuro yerno, a fines de junio, pasaba las horas recordando hasta las más triviales palabras de este, haciendo cuentas para fijar bien la cifra de su fortuna, y dando consejos a Solita sobre la mejor manera de fomentar las praderas, de gobernar una casa de labor y de hacer manteca.

—Ya estoy cansado de hacer manteca en La Bañeza, donde la hay excelente —le decía—; pero tú, con la magnífica leche de Asturias, la podrás obtener mejor.

Soledad, por darle gusto y tenerle contento, afectaba tomar con calor estos temas. Suegro y yerno habían concertado la boda para los primeros días de julio, y no había que pensar mucho en los preparativos, porque todos podían hacerse en un día. Los referentes a la documentación ocuparon durante un par de semanas a don Urbano, que se consagraba a esta dulce tarea con tanto júbilo como cuando se casó por primera vez lleno de dulces ilusiones.

Un día, mientras su padre escribía algunas cartas, Soledad salió. Iba por la calle con la vista fija en el suelo, sin reparar en nada de lo que a su vista ofrecía Madrid en tiendas y gentío a la mejor hora de la mañana. Pero a pesar de su abstracción, no se equivocaba de camino y seguía derecha y sin vacilar calle tras calle, hasta que llegó a la casa del Excelentísimo señor duque del Parque. Ningún obstáculo halló a su entrada, y por fortuna la persona a quien buscaba no tenía a nadie en su compañía. Cuando Sola se sentó junto a la mesa del despacho, su hermano pudo observar en ella una palidez y tristeza mayores que de ordinario.

—¿Qué tienes? —le preguntó tocándole la mejilla con las barbas de la pluma—. ¿Está ya arreglado el casamiento?

—Ya está arreglado —dijo Sola esforzándose en sonreír—. Pero quiero que me aconsejes tú.

—¿Pues qué, no lo has decidido todavía? ¿Necesitas de mi consejo para tomar una determinación tan buena?

—Sí —afirmó Sola suspirando—, porque según lo que tú me digas, así haré. Sería una falta muy grande que no te consultara para todo, después de lo que has hecho por mí.

—Soledad —dijo el joven con gravedad—, te considero como una hermana, te quiero como una hermana. Si hubiéramos nacido de una misma madre, no me interesaría por ti más de lo que me intereso. Pues bien; mi consejo de hermano es que te cases sin vacilar.

—Bueno, bueno... yo quería saberlo; quería que me lo dijeras así, terminantemente.

La voz de Sola temblaba, y sus palabras salían, como el trino musical, en sílabas aperladas, cristalinas.

—Pero me parece que no estás contenta —continuó Salvador dejando la pluma y apartando el papel—. Vamos a ver, querida, ¿no dices que tu padre desea que te cases?

—Lo desea tanto, que se volvería loco o se moriría de pena si no me casara.

—Entonces...

—Decidida estoy a hacer el gusto de mi padre; pero quería saber si tú aprobabas mi resolución. Por esto conocerás el gran respeto que te tengo.

—Dejémonos de respetos. Tú te casas simplemente porque de este modo haces feliz al pobre señor Gil, y no por otra razón.

—Ni más ni menos.

—Eso quiere decir que no amas al que va a ser tu marido.

Salvador le clavó los ojos con tanta fijeza, que Sola se turbó más.

—Si he de decirte la verdad, Salvador —dijo sonriendo con gracia—, no le quiero mucho. ¿Por qué he de ocultártelo, por qué no he de decirte la verdad a ti, hermano mío, a ti, a quien debo la vida cien veces?...

Monsalud estuvo meditando breve rato.

—A pesar de eso —dijo al fin—, yo creo...

—¿Qué?

—Qué debes casarte. ¿No dices que tu padre se volverá loco o se morirá si no le obedeces?

—Seguramente, y le obedeceré. Solo pensar lo contrario me da miedo.

—Entonces no me pidas consejo.

—Es que si tú...

Soledad se sofocaba. Necesitaba tomar aliento a cada palabra.

—Es que si tú me aconsejaras otra cosa, hasta sería capaz de no hacer lo que mi padre desea. Se enojaría por algún tiempo; pero ya buscaría yo el medio de contentarle.

—No puedo aconsejarte tal cosa —dijo Salvador seriamente—. Respóndeme con franqueza. El lugar que en tu corazón corresponde a ese señor primo, ¿se lo has dado a otro?

Soledad vaciló un instante y se puso como la grana.

—A nadie.

—Entonces, hija —dijo Monsalud apartando la vista de su hermana para fijarla en lo que escribía—, todo es cuestión de un poco de tiempo. He visto a tu primo, tengo antecedentes de él y respondo de que le querrás mucho. No te apures.

—¡Oh! eso sí: es un buen muchacho.

—Y en esta oficina hay datos para creer que es honradísimo. Aquí estuvo a solicitar del señor que le abonara unos créditos... Ya sabes.

—Sí.

—El duque vacilaba. Yo pedí informes a un mayordomo asturiano que vino a traer cuentas, y en virtud de las buenas noticias que me dio, aconsejé a Su Excelencia que accediera a la petición de tu marido... ya se le puede dar ese nombre.

—¿Y ha consentido el duque?

—Sí: cuando vuelva tu primo de Aranjuez le daré esa buena noticia. ¡Ah! pobrecilla: bien puedes decir que se te ha entrado la fortuna por las puertas. Anatolio es un joven agradable, bueno, sencillo, honrado, trabajador, leal. Además, posee regular fortuna. Tu situación y la de tu padre son tales que podéis considerar esto como una bendición de Dios. No son otros tan afortunados. Sola, no desprecies lo que te da la mano de Dios, no tengas soberbia, no vaciles.

—No, si yo no me quejo —respondió la muchacha con turbación—. Si no digo nada; si estoy decidida a casarme. Ya te lo dije al entrar aquí. Mi padre lo quiere y basta... Pues no faltaba más.

—Y no solo porque lo quiere tu padre, sino porque te conviene, Sola, porque este favor del Cielo excede a cuanto podías apetecer... Dime, ¿qué encuentras en Anatolio que no te agrade? Yo le encontré bien parecido, simpático, y su franqueza y lealtad me cautivaron.

—¡Oh! a mí también... No me desagrada —dijo Sola tratando de aparecer serena.

—¡Si vieras con cuánto interés le miraba yo! Le miraba como a persona que va a entrar en mi familia, y observándole, decía para mí: «Como no hagas feliz a mi pobre Sola, ya te verás conmigo.»

—Si él hubiera sospechado quién eres tú, es decir, que eres mi hermano, que me das limosna... —indicó la joven.

—¡Oh! cualquier sospecha de este género le habría sentado muy mal. Es difícil hacerse cargo de las circunstancias en que nos hemos visto tú y yo... Cualquiera pensaría mal de mí y peor de ti, Solilla.

—¡Valiente cuidado me daría a mí de que pensaran algún disparate!

—Pero ya debemos estar tranquilos. Muy pronto no necesitarás de mí. Yo te aseguro que lo siento.

—Y yo también —replicó ella maquinalmente.

—Ahora son un tanto peligroso estas entrevistas nuestras —dijo Salvador con distracción—. ¿No te parece? Figúrate que alguien le dijese a tu primo...

—¡Oh! Sí... Ya te comprendo.

—Hay que tener circunspección. Querida hermana, no vuelvas aquí.

La querida hermana sintió una puñalada en el corazón.

—Sí... Es verdad —dijo balbuciendo—. Yo había pensado lo mismo. No debo volver... No volveré más.

—¡Qué triste es para mí tener que hablar de este modo! Creo que te echaré de menos, querida Sola, y que los momentos que has pasado junto a mí en este gabinete y junto a esta mesa no se me olvidarán mientras viva.

A pesar de su aparente timidez y dulzura real, Solita no carecía de valor. Las desgracias de su vida habían dado singular temple a su corazón, y sabía ponerse a la altura de las circunstancias. Pudo, pues, alzar la frente con despejo, sonreír cariñosa aunque serenamente a su hermano y decirle estas palabras:

—¿Y a mí podrán olvidárseme los beneficios que me has hecho? ¿Podrán olvidárseme las atenciones que has tenido conmigo y tu empeño de llamarme hermana y tratarme como a tal? No se ven en el mundo ejemplos de caridad tan grande ni ejercida con tanta nobleza, con tanta delicadeza.

—No he hecho por ti sino lo que debía. Tú te mereces mucho más. Pero el poco tiempo que nos queda para estar juntos no le empleemos en estas tonterías. Piensa que ahora nos vamos a separar, quizás para siempre. Sabe Dios cuál será el destino de cada uno. Probablemente tú serás feliz; vivirás contenta al lado de tu marido, que es un bendito, y de tus preciosos niños, (porque tendrás hijos) disfrutarás un bienestar tranquilo, sin ambición, sin cuidados, mientras que yo...

—Tú no eres feliz porque no quieres. No veo yo que te falte nada.

—Me falta todo —dijo Monsalud con tristeza—. Tú, amando tranquilamente a tu marido (porque le amarás, puedes estar segura de ello), rodeada de los hijos que has de tener, y al lado de tu padre, que vivirá todavía algunos años, puedes hallarte en la plenitud de tus sentimientos; puedes estar satisfecha, saciada, que es como si dijéramos, con todas tus ideas realizadas, con tu vida llena hasta los bordes, sin ningún vacío. En mí, querida Solita, todo es vacío.

—Esto sí que no lo comprendo. Será porque tú lo quieres así —dijo la muchacha fijando la vista en varios objetos que había sobre la mesa y moviendo otro con su inquieta mano.

—No, no es fácil que lo comprendas. Dices bien. ¡Tú, por tu dicha, tienes una naturaleza tan distinta de la mía!... ¡Qué feliz es ser así! Tú tienes resignación para soportar las contrariedades; tú tienes una acendrada fe cristiana, que yo, por mi desgracia, no tengo; careces de pasiones exaltadas; tus sentimientos son tranquilos, fríos, dóciles, es decir, que haces de ellos lo que quieres; los míos son ardientes, furiosos, tiranos, es decir, que me esclavizan y juegan conmigo. Tus aspiraciones, en la esfera de los sentimientos, son razonables, proporcionadas a ti misma, a tu estado, a tus circunstancias; las mías son absurdas casi siempre, contrarias al buen sentido y a las leyes del mundo. Tú amarás a quien debes amar; yo siento atracción tan irresistible hacia lo imposible, que me estrello, sí, querida mía, me estrello, (no encuentro otra palabra) contra unas murallas altas y negras que me cierran el paso por todas partes. Tú descansarás en el cumplimiento de tu deber, confiada, tranquila, con el corazón y las ideas dentro de lo que yo llamo la medida social; yo estoy siempre fuera de la ley; yo siempre estoy en revolución; yo siempre vivo en un mundo, pienso en otro y siento en otro, sin poder jamás hacer de los tres uno solo.

Soledad habría podido decir mucho sobre aquel tema; pero por lo mismo que podía decir mucho, no dijo nada.

—Aquí tienes la diferencia que hay entre los dos —continuó él—; tú estás cortada para la felicidad, yo para la desgracia. Si algún día llegan a ti noticias de mí...

—¿Pues qué, te vas? —preguntó Sola con viveza, frunciendo el ceño.

—Mi pobre madre enferma me detiene aquí, que si no... Yo no puedo vivir en este país.

—Que es el mejor de los países. No, hermano, tú no debes salir nunca de aquí, donde tienes tantos amigos.

—Hermana, no digas que se puede vivir en una sentina de envidias y miseria. Si al menos esta fuera grande para poderse uno mover; pero no puede haber un muladar más pequeño. Yo estoy decidido...

—¿A marcharte?

—¡A América! —dijo Salvador con entusiasmo.

—¡Oh, qué disparate!

—Cuando me quede solo, me marcharé para no volver más.

—¿Pero tú puedes estar solo alguna vez? No, no lo estarás. ¡Qué horror! ¡A América, tan lejos; con el mar, un mar tan grande, por en medio!

—¡Ojalá fuera mayor!... Pero aún nos hemos de ver antes de que te cases. ¿Cuándo te casas?

—Lo más pronto posible —respondió Sola enérgicamente y con rápida voz, que indicaba la rapidez de la idea.

Ella también quería poner su mar por en medio.

—Te veré quizás —dijo Monsalud distraído y mirando el reloj colocado en la pared de enfrente había—. Y si no, el mismo día de la boda estaré en la iglesia.

—Eso no podrá ser.

—¿Por qué no?

—Porque no es conveniente. ¡Qué cosas tienes!

—¿Y si a mí se me antoja?

—No te acordarás de ir.

—¿Que no me acordaré?

—No te acordarás —dijo Sola enredando en la mesa no ya con una mano sino con las dos—, porque eres muy distraído. El otro día dijiste que irías a pasear por San Blas y no fuiste.

—¡Oh! tuve que hacer.

—Es que no te acuerdas, se te van las ideas de la cabeza. Estás siempre distraído, pensando en las nubes de antaño.

—Naturalmente en algo ha de pensar uno —dijo Monsalud riendo.

—Es que tú te fijas poco en lo que tienes delante, en lo que ves con los ojos de la cara. Tu pobre madre está disgustada, porque ahora, según dice, te ve más distraído que nunca.

—¿Distraído?

—Más enamorado que nunca, habrá querido decir. Esa es tu enfermedad.

—¿Ahora más que nunca, dice mi madre?

—Ahora más que nunca te hablan y no entiendes, miras y no ves. Así me lo dijo doña Fermina. Tienes la cabeza llena de vapores; pero tan llena,

Salvador, que no existes más que para la persona desconocida que te ha puesto de este modo. Para nosotros no eres más que una sombra.

—¿Eso dice mi madre? —preguntó el joven riendo.

—Y yo también lo digo.

Esta última observación no la oyó Monsalud, profundamente abstraído, con la vista fija en el reloj.

—Adiós, Sola —dijo de repente—. Es preciso que te vayas.

—¿Qué hora es? —preguntó la muchacha sintiendo una gran turbación—. ¿Esperas a alguien?

—No debes estar aquí más tiempo. Son las doce.

Soledad dirigió una mirada, la última mirada a los muebles, a los cuadros viejos de batallas, al reloj, al archivo, a los papeles amarillentos, a los legajos polvorosos y demás objetos de aquella estancia que habían sido durante tantos días imágenes halagüeñas en su fantasía y en sus ojos, y que ya no debía volver a ver. Al despedirse de tan queridos cachivaches una piedra de hielo gravitó sobre su corazón.

—Ya me voy —dijo aparentando serenidad—. No te molesto más.

Salvador volvió a mirar el reloj. Estaba pálido.

—Las doce —dijo Solita.

—Sí, las doce, y...

Monsalud no se cuidaba de disimular su impaciencia. Soledad le alargó la mano. Si en aquel momento no estuviera él tan profundamente distraído, si no tuviera, como tenía, el pensamiento y la vida toda en cosas y personas muy distintas de la pobre muchacha desvalida que estaba allí, habría visto en ella seguramente algo digno de llamar su atención. Además Soledad desplegaba cada vez más valor, más entereza de ánimo, y había aprendido a cubrir el llanto con la risa.

—Adiós, mi queridísima hermana —dijo Monsalud estrechándole las dos manos.

Después la condujo suavemente hacia la salida.

Soledad le dijo adiós por última vez y volvió la cara hacia la puerta. Dos pasos más y la puerta se cerró tras ella.

Aunque es cosa averiguada que el corazón no tiene alas, puede y debe decirse, aceptando la anatomía vulgar, que a Solita se le cayeron las alas del corazón. Salió a la calle sin ver portero, ni portal, ni puerta, ni calle. Ella no veía más que su propia alma, que en aquellos instantes se le presentaba clara y completa con la lucidez que da el dolor. Dio algunos pasos sin saber a dónde iba; pero las rejas de la habitación donde había estado dijeron algo a su entendimiento y se detuvo. En el mismo instante vio una mujer que entraba en el portal de la casa. Corrió hacia allá, volvió a la reja, tratando de mirar hacia adentro con disimulo; pero nada pudo ver. Oyó, sí, una voz femenina, poco agradable por cierto, y al fin pudo distinguir una sombra, un perfil de mujer fea y ordinaria que parecía criada. Entonces apartándose de la reja, corrió hacia la esquina de la calle, donde vio un coche. La inquietud investigadora que la dominaba hízole mirar hacia el interior de la berlina, y vio una mujer hermosa. Tan hermosa le pareció que creía no haber visto nunca belleza semejante. Los ojos de la dama y su actitud pensativa y expectante revelaron a Solita algo de lo que deseaba indagar.

No quiso ver, ni oír, ni enterarse de nada más y corrió hacia su casa. A cada paso, aumentaba la populosa grandeza del mundo que había dejado tras sí para siempre, y crecía el árido desierto que tenía delante. Las encantadoras esperanzas que pueblan la vida corrían hacia atrás, y a cada paso el abandonado corazón se iba quedando más solo.

XIII

Al entrar en la calle de las Veneras por la plazuela de Navalón, vio a don Patricio en la esquina. Vestía de paisano.

—Buenos días, señora doña Solita —le dijo riendo—. ¡Qué tarde vuelve la niña! Salió usted hace dos horas. Ya está de vuelta de Aranjuez el joven guardia. Traerá buenas noticias. Dígale usted que estamos preparados.

El irónico acento del procaz viejo no hizo impresión alguna en el ánimo de Soledad.

—Buenos días, don Patricio —le respondió con indiferencia.

Atendía demasiado a lo interior de su alma perturbada para poder discutir sobre los móviles que llevaban a Sarmiento a tales sitios. Al entrar en su casa, Anatolio salió a recibirla. El rostro del joven irradiaba alegría como el de Febo luz.

—Ya estoy aquí —le dijo—. No dirás que he tardado muchos días.

Solita dijo algo sin duda; pero ella misma no supo lo que dijo. Gordón, tomándole de la mano, la llevó adentro. Gil de la Cuadra se enjugaba las lágrimas que la inesperada aparición de su radiante yerno en el cielo de la casa le había producido.

—Mira, querido Anatolio —le dijo—. Debes de estar muy cansadito. Siete leguas a caballo descoyuntan a cualquiera. ¿Por qué no te echas en mi cama?

—Gracias, tío.

—Hombre, ten confianza. Échate, Anatolio. ¿No te parece, Sola, que debe echarse?

—Sí, que se eche... ¿Conque has llegado?...

—¿No te dijo el corazón que llegaría hoy?...

—¡El corazón!... —preguntó Sola que creyó volverse idiota—. No... Sí... Sí me dijo eso. Siéntate.

—Pero hija, ¿acabarás de dar vueltas por la habitación? —dijo Cuadra riendo—. En resumen: ¿te quitas el manto o no te lo quitas?

—¡Ah! Sí... Creí que me lo había quitado ya.

—¡Qué turbada estás!... Hoy comerá Anatolio con nosotros. Ya empieza a participar de nuestra pobreza... ¡Oh! ¡qué feliz soy, Dios mío!... Dime, ¿qué ha habido de particular en el Real Sitio?

—Cosas estupendas —repuso Gordón haciendo al fin lo que tan reiteradamente le había rogado su suegro, es decir, echándose—. Muchos vivas al Rey absoluto, otros tantos al Rey constitucional, bastantes palos y algunos sablazos. El día de San Femando un miliciano insultó al infante don Carlos.

—Sí, ya lo supimos. ¡Qué iniquidad! ¡Y no se castigan tales desacatos!

—Su Majestad ha venido esta mañana. Dicen por allá, que día más, día menos, va a haber aquí un cataclismo. Mis compañeros están furiosos y decididos a proclamar al Rey neto. Acabáramos de una vez. Lo que ha de venir, venga pronto.

—Dices bien; pero no te metas en nada, querido hijo. Yo sé lo qué es política; sé lo que es conspirar. Mucho cuidado. Sigue a tus compañeros; pero no te distingas entre ellos por un celo excesivo en favor del Rey neto.

—Así lo haré —dijo Anatolio estirándose bien para tocar con las manos la cabecera del lecho—. Poco tiempo me queda de servicio. He pedido mi licencia absoluta... A casa, que es madre, a cuidar de mi familia y de mi conveniencia.

—¡Admirablemente pensado y dicho! Vamos a ver: ¿tienes tus papeles corrientes para la boda?

—Todo corriente. Por mi parte... Que mi prima fije el día.

—¿Que yo fije... que yo fije el día...? —balbució Sola, mirando a su padre.

—Es claro, mujer; que digas: tal o cual día me quiero casar.

—Pues el día... que ustedes quieran.

—Mañana —gruñó Anatolio.

—Hombre... Calma, calma. Fijemos un día clásico, el domingo, o para el Carmen.

—Muy bien.

Poco después comieron, siendo muy de lamentar que en día de tanta solemnidad equivocase todas o la mayor parte de las cosas Solita; ¡ella, que no se equivocaba nunca! Mas el padre, única persona que podía apreciar la singularidad de tales distracciones, no fijó en ellas la atención o las atribuyó a una causa muy natural. Durante la comida, Anatolio, cuyo carácter había parecido hasta entonces poco comunicativo, empezó a desarrollar una locuacidad tan viva, que no era fácil comprender a dónde llegaría por aquel inusitado camino. ¿Era que había envasado en su cuerpo todo el vino que faltaba en la botella puesta con previsora solicitud a su lado? Tal vez sí, tal vez no. No aventuremos un juicio que podría ser desmentido más tarde por los hechos. Lo cierto es que Soledad no le quitaba los ojos, inspeccionando también la altura cada vez menor del líquido y la voracidad del alférez, que sin duda llenaba con comida y bebida todo lo que con el gasto de palabras iba quedando vacío.

Por la tarde, levantados los manteles, salieron los tres de paseo hacia San Blas, no ocurriendo nada digno de contarse sino que Anatolio (quizás sería ilusión de los extraviados sentidos de Solita) no ponía los pies en el suelo ni sostenía su cuerpo con el aplomo y gallardía propios de un militar. De vuelta en la casa, encendieron luces; Sola tomó su costura, don Urbano se puso las antiparras y sacando una baraja que en el cajón de la mesa tenía, invitó a Gordón a echar una partida de mediator. Los tres en torno a la mesilla formaban un grupo por demás interesante en apariencia, y que lo hubiera sido en realidad si los tres corazones latieran a compás, y si las tres almas se contemplaran delicadamente la una en la otra sin interposición de imágenes extrañas y sombras proyectadas desde lejos por otras almas.

Durante largo rato no se oyó más ruido que el de la aguja y las frases y términos propios del juego. A las diez de la noche el cuadro había cambiado. Las cartas estaban esparcidas sobre el tapete; don Urbano, con los codos sobre la mesa, como un escolar que estudia la lección del día siguiente, leía en voluminoso libro; Anatolio dormía con la cabeza reclinada sobre el hombro, el morrión caído sobre la ceja izquierda, abierta casi de par en par la boca y cruzados los brazos sobre el pecho; Soledad seguía cosiendo con la vista fija en su aguja, las cejas ligeramente fruncidas. ¡Entre las manos y los ojos, qué inmensidad de ideas, de figuras, de imaginaciones! ¡Qué contraste entre la rústica beatitud del novio y la silenciosa meditación de la futura esposa!

A las doce y media oyose ruido de pasos en la parte de la casa habitada por Naranjo. Como las habitaciones eran tan pequeñas, fácilmente se comunicaba todo rumor de una parte a otra, y aun podía verse quién entraba y salía. En la alcoba de Gil bastaba levantar el percal rojo que cubría una vidriera para observar a las personas que pasaban de la escalera a la sala de Naranjo.

—Hija mía —dijo el anciano—, parece que esta noche tendremos también gran ruido. Asómate a la puerta vidriera y mira quién entra a visitar a nuestro amigo Naranjo.

Soledad se levantó, estuvo breve rato en acecho y volvió diciendo:

—Son tres: los mismos de la otra noche.

—Me lo temía —insinuó Gil de la Cuadra con disgusto—. Esta es una vecindad que no me gusta. Ha entrado también aquel señor...

—¿El eclesiástico gordo? Sí, acaba de entrar.

—Don Víctor Sáez —dijo entre dientes el viejo, apartando el libro.

—¿Es el confesor de Su Majestad, padre?

—Chitón... por Dios... Silencio, querida Sola —murmuró Cuadra llevándose el dedo a la boca y abriendo con espanto los ojos—. Cuidado con lo que hablas. Figúrate que no tienes ni ojos ni oídos. Hazte cargo de que nadie viene a la casa del maestro Naranjo.

Soledad recobró la costura.

—Porque has de saber —añadió el viejo—, que estos señores han escogido la casa de nuestro amigo como el lugar menos sospechoso para reunirse y tratar de sus diabluras... Como vivimos solos Naranjo y nosotros, que somos la discreción en persona... Pero yo no quiero meterme en nada... porque esto no tendrá buen fin. Veo, escucho y callo. Créeme: estoy escarmentado de conspiraciones y sé a dónde conducen.

—¡Conspiraciones!

—Chitón... Por Dios y la Virgen, mucho sigilo.

—¿Y para qué conspiran? —preguntó Sola bajando mucho la voz—. ¿Para trastornarlo todo, para que todo se vuelva del revés?

Al preguntar esto, el semblante de Sola se había animado y resplandecía con la extraña viveza que dan curiosidad o interés profundo. Creeríase que un destello de esperanza lo iluminaba.

—Sí, para volverlo todo al revés. Estas cosas, estos planes son admirables cuando salen bien; pero casi siempre salen mal, hijita. En verdad te digo que de buena gana viviría en otra casa... ¡Hola, hola! Más ruido de botas... Sal a ver.

—Otros dos: los mismos que vinieron hace cuatro noches —dijo Sola, después de observar un rato.

—¿Son los dos altos y bigotudos?

—Sí.

—Los guardias. El más bajo de ellos es el conde de Moy, jefe de uno de los batallones de la Guardia. Ya la tenemos armada.

—¿Qué?

—Pero, tonta, ¿tú no has comprendido? ¡Pues es un grano de anís! La Guardia Real quiere dar al traste con la Constitución y los liberales.

—Los guardias, es decir, Anatolio. ¿Y cree usted que podrán? —preguntó Sola con incredulidad.

—Hija, son muy valientes.

—¿Y en caso de que no puedan, tendrán que huir todos, absolutamente todos, y marcharse de Madrid?

—Un cuerpo tan esclarecido no volverá la espalda.

—¿Y eso será muy pronto?

Soledad mostraba el mayor interés.

—Debe de ser pronto. Es necesario apresurar el casamiento. Quisiera que Anatolio estuviese ya fuera del servicio para esos días. ¡Pobre hijo mío, si le sucede alguna desgracia!

Solita miró a su futuro esposo. Podía haberse creído que aquella mirada era una saeta, porque Gordón se movió en su beatífico sueño, cerró la boca, y llevándose ambos puños a los ojos, se amasó los párpados hasta ponérselos rojos.

—¿Qué hablaban de mí? —preguntó torpemente.

—Vamos, que no has echado mal sueño.

—Si no dormía... Sentí, es verdad, un poco de sueño y cerré los ojos; pero no he dejado de oír lo que hablaban.

—A ver, ¿qué decíamos?

—Que yo debía haber sido eclesiástico en vez de militar.

Soledad rompió a reír.

—Hombre, ¡qué chuscadas tienes! —dijo Cuadra.

—Si oía perfectamente.

—Por Dios, confiesa que estabas dormido. Si me dejaste a medio juego. Por cierto que hiciste perfectamente. Ya se ve... Siete leguas a caballo.

—¡Todo sea por Dios!

—¿Sabes que en las habitaciones del señor Naranjo —indicó don Urbano acercando sus labios a la oreja del alférez—, ahí junto, un poquito más allá de aquella puerta vidriera, están tratando de vuestro levantamiento?

—¿De nuestro levantamiento?

—Cabal. ¿Quién creerás que ha venido? El conde de Moy.

—¡Mi jefe!

—Otro señor comandante de guardias, que debe de ser Herón; el confesor de Su Majestad don Víctor Damián Sáez, y dos señores más que no conozco.

—¿Conspiración?

—¡Silencio! —dijo Cuadra tapándole la boca con la palma de la mano.

—Pues sí, dicen que nos levantaremos. La Guardia Real no puede consentir que el Rey esté sometido por esa canalla; que gobiernen las Cortes; que los gansos de la Milicia se paseen por las calles hechos un brazo de mar, y que *El Zurriago* y otros papeles indecentes insulten sin cesar a la genta honrada.

—¿De modo que estáis decididos? Mira, sobrino, o mejor dicho, hijo mío, pide tu licencia absoluta.

—Ya la he pedido. Pienso verme fuera antes de que estalle el movimiento que, según dicen, será dentro de no sé cuántos meses.

—Eso es, échate fuera; tú ya has probado que eres valiente.

Soledad volvió a mirar a su primo. No revelaban ciertamente sus ojos nada parecido a la admiración.

—Mi opinión —prosiguió el anciano—, es que no te metas en nada. Haz como yo, que he vuelto la espalda a la política para siempre. Ni siquiera me gusta verte aquí mientras están esos señores tratando sus diabluras. Vistes el uniforme de la Guardia; si algún intruso te ve, pueden sospechar de ti y creer que conspiras.

—Entonces debo marcharme. Además es tarde, y mi prima parece que tiene sueño. No todos saben descabezarlo en una silla como yo.

—Sí, más vale que te vayas... Se me figura que siento pasos otra vez. Sola, ¿por qué no miras?

Solita observó por la puerta vidriera.

—¡Entra una señora! —dijo Sola con asombro.

—¿Una señora? Esto sí que es gordo. ¿Has dicho que una señora acaba de entrar?

—Sí, padre... Una dama, y por cierto joven y hermosa.

La curiosidad impulsó a Gil de la Cuadra a mirar también; pero la señora había pasado ya, y el viejo no vio nada.

—Yo conozco a esa señora —dijo Soledad apartándose de la vidriera—. Yo la conozco.

—¿Tú? ¿Quién es, cómo se llama? —preguntó Gil con mucho afán.

—Eso es lo que no puedo decir. La he visto hoy mismo.

—¿En dónde?

—En la calle, dentro de un coche.

—Pues mira —dijo Cuadra, dando paseos por su habitación y cerrando la alcoba donde estaba la puerta vidriera—, haz como si no la has visto.

—¿Sabe usted quién es?

—No; pero no ha de ser cosa buena. Mujer que se ocupa en conspirar... ¡Ah, conozco ese perro oficio!

—¿Será alguna princesa?

—Puede ser... —dijo Cuadra meditabundo—. La verdad es que no caigo... En fin, olvidemos esto, hijos míos, y no participemos de tales líos ni aun con el pensamiento.

Naranjo entró a la sazón en el cuarto de Gil de la Cuadra.

—Amigo mío —le dijo—. Como su sobrino de usted es nuevo en la casa, vengo a suplicarle que sea discreto.

—¡Oh! descuide usted. Su boca será un broche.

—Es que podía inadvertidamente contar... Creyendo reunión casual...

—Ni por pienso. Oígame usted, señor Naranjo. Ya sabe usted que no me meto en nada; ya sabe usted que ni aun me gusta tener por vecindad una conspiración. A pesar de esto, ha excitado mi curiosidad una dama que ha entrado. ¿Querrá usted decirme quién es?

El preceptor se encogió de hombros.

—¿Que no lo sabe usted? No puede ser.

—Esta señora según parece viene comisionada por no sé qué junta que hay no sé dónde... y no digo más. Conque silencio, mucho silencio. Cuidado con lo que se habla.

—Ya sabe usted que todos somos partidarios de la buena causa. El uniforme que lleva mi sobrino es una garantía de su prudencia.

—Lo sé; pero ya saben el sobrino y el tío que no han visto nada; que aquí no ha entrado nadie.

—Absolutamente nadie. ¡Ojalá fuera verdad!

Naranjo volvió a su conciliábulo y Anatolio se despidió hasta el día siguiente.

Gil de la Cuadra, al quedarse solo con su hija, apoyó la sien en la mano derecha y tomó la actitud de quien trata de resolver un grave problema o acertijo.

—Pues por más que cavilo... —dijo después de un cuarto de hora.

Solita alzó los ojos de la costura para decir:

—Yo también medito en ello, y no puedo...

—Nada —añadió el padre—, no caigo en quién podrá ser esa mujer.

—Pues yo tampoco alcanzo quién podrá ser.

Y media hora después, padre e hija se miraron de nuevo, y el uno preguntó:

—¿Quién será?

Y añadió la otra:

—¿Pero quién será?

XIV

Cuando Anatolio volvía la esquina de la calle de Preciados, vio dos hombres. El uno de ellos gritó con voz cascada:

—Ya salió uno. Este es el alcahuete que lleva los recados a Palacio.

Gordón se detuvo, dudando que se dirigieran a él. Pero otra voz joven cantó esta copla:

> Huye que viene la ronda
> y se empieza el tiroteo...
> serviles, a la huronera
> que os van los gorros siguiendo.

Gordón volvió atrás. Una figura escueta, un fantasmón anguloso, cuyos brazos se movían en cruz, y en cuyo semblante arrugado y oscuro, brillaban ojos de lince, avanzó hacia el guardia.

—Sigue tu camino, so bruto —chilló como una furia grotesca—, si no quieres que te midamos las costillas.

Don Patricio, pues no era otro, mostró su brazo derecho. Donde éste acababa, tenía principio la desmesurada longitud de un garrote con nudos.

El joven que acompañaba a don Patricio, y que vestía uniforme de miliciano, se interpuso diciendo:

—Padre, no nos metamos en danza con esta canalla. Estamos desarmados.

Y al mismo tiempo avanzó su mano hacia el pecho de Gordón, que resueltamente atacaba a Sarmiento padre. El alférez no dijo una sola palabra, blandió la pesada mano como una maza de hierro, a quien el hercúleo brazo dio enorme fuerza y velocidad. El círculo fue breve y rápido. La cara de Lucas Sarmiento estalló con horrible chasquido y su cuerpo desplomose en tierra como un saco. Bofetada más tremenda no se había dado ni recibido en lo que iba de siglo.

—¡Traición, traición! —gritó don Patricio agitando el palo y dando saltos, sin avanzar un paso hacia adelante ni hacia atrás.

Lucas revolvía su cara en sangre, no en la sangre trágica de las contiendas caballerescas, sino en la sangre de la nariz que le quedó medio deshecha. Gordón iba derecho hacia don Patricio para quitarte el palo y rompérselo encima, cuando aparecieron por la plazuela de Navalón arriba dos individuos igualmente armados de formidables porras. Uno de ellos iba vestido de miliciano.

—¡Amigos, a mí! —gritó el maestro—. ¡Aquí estoy! ¡Ataquémosle juntos!... ánimo, amigos míos. ¡Que me mata!

En un instante se halló Gordón comprometido por el número de los contrarios. Tres enormes garrotazos cayeron sobre sus hombros y espalda. Furioso, pesado, rugiente como el jabalí herido avanzó hacia los apaleadores. Había sacado la espada y se disponía a atravesar al primero que se le pusiera delante. Pero los tres, al ver el acero, volvieron la heroica espalda apretando a correr con tanta ligereza, que el ruido de los pies sobre el suelo alborotó momentáneamente la angosta calle de las Conchas. Por un milagro fisiológico de la Providencia, don Patricio era el que más corría, gritando:

—¡Traición, traición!

Anatolio no era un ciervo para la carrera merced a la pesadez de su cuerpo, y se detuvo sofocado y sin aliento en la esquina de la costanilla de los Ángeles. Miró en todas direcciones y no vio a nadie. Pero como sintiera ruido de pasos y voces por todas partes, creyó prudente dar por terminada la aventura y envainando su virgen espada se alejó, dirigiéndose otra vez a la calle de las Veneras y por allí a la de Preciados.

Aquel incidente de poca importancia al parecer preparaba con otros de igual naturaleza, un gran acontecimiento histórico. Las tempestades empiezan así, cayendo ahora una gota, después otra. En los últimos días de junio las colisiones entre guardias y milicianos eran tan frecuentes, que el vecindario estaba seguro de la proximidad del aguacero. Al día siguiente de la reyerta que hemos descrito, el 30 de junio, Su Majestad asistió a la clausura del Congreso. Formaron en la carrera tropa y milicianos, y Fernando pasó medroso, pálido, lleno de recelo, revolviendo los negros ojazos en todas direcciones, para escudriñar los semblantes y sorprender las señales de cariño o desamor que su presencia ocasionara.

Mudos y recelosos recibiéronle los diputados de la minoría, fríos los sostenedores del Gobierno. Con habla turbada leyó su discurso el tirano, acentuando las frases de sumisión al sistema constitucional, y no era preciso ser muy lince para reconocer en él un convencimiento seguro de que aquella farsa debía concluir; pero al través de su disimulo no se veía la esperanza de un éxito feliz.

Al volver a Palacio, los milicianos aclaman la Constitución y a Riego, y una voz atrevida grita en favor del Rey neto. Los chicos cantan el trágala; surge en todo el tránsito infernal algarabía y por entre la multitud dividida en bandos de netos y zurriaguistas atraviesa la ultrajada Majestad con el corazón oprimido, compartiendo su espíritu entre el miedo y la rabia. El recuerdo del infeliz Capeto viene a su memoria; pero no siente perder el amor popular, que tan poco le interesa, sino el poder o quizás la vida. Desde que él logra pisar el umbral de Palacio, los tambores de la Guardia abofetean a algunos paisanos, se cruzan palos, puñetazos, coces, y varios jóvenes distinguidos vierten en las calles su sangre preciosa. Se crean multitud de cardenales, aparecen rozaduras, magulladuras, protuberancias, y centenares de narices sangran enrojeciendo el suelo. Alguna que otra costilla cruje, rompiéndose, y no pocas encías se ven libres de tal cual muela cariada. Surgen chichones en varias cabezas y algún omóplato se hunde. Esto no es más que un juego de muchachos; pero así suelen empezar los capítulos más importantes de la historia en todas las edades.

Poco faltaba ya para que el sainete se convirtiese en tragedia. Más furiosa cada vez la tropa, cuando Su Majestad entró en Palacio, posesionose de los altos de la plaza de Oriente, arrojó de allí a un retén de la Milicia voluntaria, y estableciendo una línea desde los Consejos al Arco de la Armería, declarose en abierta y descarada sublevación. Disparáronse varios tiros, y cayeron al suelo siete paisanos y un individuo de la Milicia. Un joven entusiasta, hijo de Flores Calderón, tuvo la malaventurada idea de arengar a los guardias que formaban junto a la casa de Ministerios y fue apaleado cruelmente y acuchillado.

Los tambores tocaban a ataque y los granaderos furiosos injuriaban a la multitud amenazando pasarla a cuchillo si no se retiraba. Caían con síncopes y desazones las mujeres, votaban algunos hombres, rugían otros, y entre tanto veíase en una ventana de Palacio, cual si fuera palco de plaza de toros, apiñada multitud de palaciegos y damas vehementes, que agitaban sus pañuelos para incitar a la soldadesca. Las pobrecitas no podían resignarse a vivir bajo el nefando imperio de la Constitución. Confundido entre los agraciados rostros como la serpiente entre las flores, Fernando atisbaba con ávidos ojos la osadía de los jenízaros.

Entre estos hubo un oficial que se atrevió a volver por los fueros de la ultrajada disciplina. Llamábase don Mamerto Landáburu, exaltado liberal, buen patriota, fontanista, militar de club (cualidad que no constituye ciertamente la mejor casta de militares); pero al mismo tiempo persona estimable y simpática. Este desgraciado oficial habló con energía a los soldados; pero fue insultado. Ciego de furor tiró del sable a punto que otro teniente, Goiffieu, gritaba con voz frenética: *¡Viva el Rey absoluto!* Azuzados los granaderos por esta voz cayeron sobre Landáburu; pero aún pudieron intervenir y salvarle el comandante Herón y otro oficial cuyo nombre no se recuerda. Le separaron, le condujeron a Palacio; pero allí le siguió la turba de asesinos y dentro del portal de Oriente recibió tres tiros por la espalda y cayó para siempre gritando: *¡Viva la libertad!*

Cuando la turba vio sangre se enfureció más; pero arriba, en las excelsitudes de Palacio, un estupor medroso sucedió al levantisco entusiasmo teatral de damas y cortesanos. Cerráronse los balcones; volvieron los pañuelos a los bolsillos, y todo calló de improviso. Los tiros que mataron a Landáburu hicieron en Palacio el efecto de un par de palmadas en un charco de ranas.

¿Y la Milicia qué hacía entonces? La Milicia, como la tropa de línea, ocupaba las calles cercanas, desde la mayor hasta la plazuela de Santo Domingo, con objeto de estrechar en Palacio a los sublevados. Grande era el ardimiento de las fuerzas populares en la tarde y noche del 30; pero no quiso Dios que tuvieran ocasión de batirse. Ordenó el capitán general don Pablo Morillo que se retirasen tropa y Milicia; pero esta se negó a soltar las armas mientras el agravio de aquel día no quedase vengado. Un ardid ingenioso, al cual la murmuración de aquellos tiempos dio el nefando nombre de pastel, resolvió la cuestión. Diose orden a la Milicia de que marchase a la puerta de Recoletos para municionarse, y este movimiento, a que los buenos patriotas no opusieron resistencia, permitió a la guardia sublevada retirarse tranquilamente a sus cuarteles, dejando un batallón en Palacio. Cuando esto ocurrió despuntaba en el horizonte el Sol del 1.º de julio, mes fecundo en revoluciones.

Y aquel Sol trajo un día de estupor, de tristeza, de cruel ansiedad y duda. Los milicianos estaban en sus casas; pero disponían las armas. Los guardias no salían de sus cuarteles; pero sin cesar aclamaban al Rey neto. Hubo esperanza de conciliación y esas tentativas de acomodamiento que no faltan nunca en casos de esta naturaleza. Generales y políticos calentaron el famoso horno de que tanto hablaba *El Zurriago*; pero aquella vez el pastelón, tan trabajosamente amasado, no pudo llegar a la sazón de su definitiva cochura por la indomable arrogancia de los guardias. Llegada la noche, los sublevados salieron de sus cuarteles, dejaron dos batallones en Palacio, y los cuatro restantes se retiraron a El Pardo por la Puerta de Hierro, rompiendo así todo lazo con las autoridades establecidas. El absolutismo había lanzado su reto a la Constitución.

El nuevo día, 2 de julio, trajo, pues, a Madrid alarma no menos grande que la del 2 de mayo de 1808. La villa era un campamento. Por todas partes tropa de línea y voluntarios, generales encintados que iban y venían sin cesar, escoltas, destacamentos, guardias, toques, llamadas, arengas, banderas, gritos, y el tambor resonando sin cesar como el ronquido del gigante furioso que impaciente aguarda la pelea. Juntose todo lo que era juntable, y constituyose todo lo constituible, comisiones, corporaciones, consejos; se dio principio a una deliberación inacabable, eterna, a la deliberación del peligro, y el Ayuntamiento, el Consejo de Estado, la Diputación permanente de Cortes, la de provincia, abrieron sus embrolladas sesiones permanentes.

¡Inmensa confusión y movimiento inmenso! El parque de San Gil hervía como una fragua. Todo era sacar cañones y llevarlos a un punto para después situarlos en otro, arrastrar y repartir cajas de municiones. Las órdenes se sucedían a las órdenes. Acudían de los cuatro ángulos de Madrid generales y brigadieres que iban a ofrecer sus servicios, y miles de espadas se presentaban desnudas y obedientes al pie de aquella Constitución tan odiada de las damas y de los palaciegos. Los alistamientos sucedían a los alistamientos; no bastaba la tropa de línea, no bastaba la Milicia y era preciso improvisar batallones de paisanos. Con estos y oficiales de reemplazo se formó en el Parque de Artillería el *batallón Sagrado*, cuyo mando se dio a San Miguel. Muchos individuos de prestigio organizaron compañías a sus expensas, renovando así el sublime fanatismo militar de la gran guerra, y al modo que entonces se formaban partidas de guerrilleros, se hacían ahora compañías de patriotas.

Entre los guardias sublevados había muchos oficiales liberales. Estos abandonaron a sus compañeros al salir de Madrid, presentándose en el Parque a recibir órdenes del Capitán general. Para distinguirse de sus hermanos, que pronto iban a ser sus enemigos, adoptaron el patriótico distintivo de una cinta verde con el lema *Constitución o muerte* y un pañuelo blanco en el sombrero. ¡Oh! no es descriptible el entusiasmo de los milicianos, cuando vieron desfilar ante las puertas del Parque aquellos jóvenes oficiales, casi todos de familia muy distinguida, que abandonaban voluntariamente, con noble instinto político, las filas del absolutismo para defender la Constitución que habían jurado, la hermosa libertad que amaban, la idea moderna, que veían resplandecer débilmente sobre el cielo de la patria como una estrella cuyo fulgor crecía, prometiendo iluminar algún día todas sus oscuridades. La multitud prorrumpió en vivas, y ardientes palabras se cruzaron de una parte a otra.

—¡Nobles y dignos jóvenes! —exclamó con lágrimas en los ojos el entusiasta patriota y honrado comerciante que respondía al nombre de don Benigno Cordero.

—¡Benditas sean las madres que los han parido! —gritó Sarmiento, que a su lado estaba—. ¿Conoce usted, señor don Benigno, a aquel joven que ahora parece arengar a sus compañeros y en este momento da un viva a la Constitución?

—Le conozco, sí. Es Ramón Narváez.

XV

Dentro de Palacio, y en la reducida esfera donde imperaba la monarquía absoluta, también se repartían municiones. Pero, ¿qué municiones? Dulces y cigarros y botellas de vino. Dicen que cada soldado tenía en su bolsillo una onza de oro, y que las criadas de Palacio bajaban a repartir entre ellos cintas encarnadas con emblemas de *Viva el Rey absoluto, Mueran los milicianos*. Dicen que había crápula permanente arriba y abajo, en los salones y en el patio, con gran jaleo de borracheras, excesos y deslices que no son para escritos.

Los grandes palaciegos como Amarillas, Infantado, Casa-Sarriá y el duque de Castro-Terreño, a quien llamaban los zurriaguistas el *general Castañuelas*, rodeaban al Rey, presentándole como seguro el triunfo del despotismo. Bullía en aquellas excelsas testas cortesanas un proyecto parecido al famoso de Vinuesa, con su correspondiente secuestro de autoridades; pero los sucesos se presentaban de otra manera y los secuestradores corrían riesgo de ser secuestrados.

La diputación permanente de Cortes invitó a Su Majestad a que abandonase a los sublevados, pasándose al campo liberal, y los ministros creían poder resolverlo todo con su veto absoluto y sus dos Cámaras. Nadie se entendía; nadie, ni aun los mismos guardias podían decir claramente su aspiración, pues algunos de los sublevados, como el ilustre Córdoba, no eran enemigos de la Constitución. Solo los milicianos sabían a dónde iban, a aplastar el insolente despotismo, a invadir el Palacio, quizás a reproducir en España el 10 de agosto de la revolución francesa. Solo la Milicia sabía su papel.

En este infernal hervidero descollaba un hombre por su autoridad, su patriotismo y su energía, lo mismo que descollaba entre la multitud por su alta figura imponente. Era el general Morillo, hombre colosal, de color cetrino, adusta fisonomía. Su fama adquirida en aquellas fabulosas guerras de América, enfrente del gran Bolívar, cuadraba perfectamente a su figura, que era hasta cierto punto una figura india, un cuerpo de bronce al cual hubiera sentado bien la desnudez y un arco para atacar la sublevación a flechazos.

Por una singularidad oficial de estas a que los españoles estamos acostumbrados, Morillo mandaba a los leales y a los sediciosos. El Ministerio, en su desaforado empeño de confeccionar toda clase de artículos de pastelería, le había nombrado coronel de Guardias el mismo día 1.º de julio, y como tal y como Capitán general del distrito, mandaba frecuentes recados al Pardo, iba él mismo, subía a Palacio, entraba en el Ayuntamiento, en la casa de Ministerios, en las Cortes, visitaba el Parque, los cuarteles, los retenes, los puestos de guardias, hasta los grupitos de impacientes milicianos que cubrían las entradas de las calles. El objeto de aquel ínclito soldado era evitar la efusión de sangre, evitar un cataclismo, siempre más funesto, cualquiera que fuese su resultado, a la causa liberal que al despotismo.

En la tarde del día 4 los guardias de Palacio hicieron fuego a los patriotas que habían tomado posiciones en la subida de los Ángeles. La batalla era inminente, porque los milicianos, locos de entusiasmo, querían jarana. Acudió precisamente Riego con cañones que sacó del Parque; acudió el *batallón Sagrado*, decidido a atacar a los rebeldes, y el choque hubiera sido terrible sin la interposición del Capitán general, que llegó en el momento del peligro. Riego quería marchar adelante con sus fogosos milicianos; Morillo mandaba que se retirasen. Ambos personajes se miraron frente a frente.

—¿Y quién es usted? —dijo el conde de Cartagena con irónico desprecio.

—Soy el diputado Riego —contestó el héroe de las Cabezas, sorprendido de que hubiera un mortal que no le conociera.

—Pues si es usted el diputado Riego —añadió Morillo con mayor desprecio todavía—, váyase usted al Congreso, que aquí no tiene nada que hacer.

Cuando Morillo volvió la espalda para seguir dando órdenes, Riego pronunció en voz alta los consabidos términos de alarma, que tanto efecto han hecho siempre en el ánimo de los patriotas:

—¡La libertad se pierde!... ¡Estamos rodeados de precipicios!

Toda la razón estaba entonces de parte del general Morillo. Los milicianos de Selles y los del *batallón Sagrado* no bastaban para la tercera parte de los guardias que había en Palacio. Solo en la exaltada cabeza de aquel fanático ídolo del pueblo cabía la idea de atacar tan desventajosamente a fuerzas tan aguerridas. El mismo San Miguel lo comprendió así y atajaba el ardor impetuoso de sus sagradas tropas, diciéndoles:

—Orden, señores, moderación, por Dios; que nos perdemos.

El *batallón Sagrado* marchó hacia la plaza de Santo Domingo, y algún energúmeno gritaba en sus filas: «¡Estamos vendidos!»

95

Los milicianos no dormían. Fijos en sus guardias, con los ojos del alma puestos en un ideal de eterna gloria; impacientes, anhelantes, inflamados en amor a la libertad; ciegos con aquella noble ceguera que a veces hace dar tropezones y a veces impulsa hasta los cielos; poseídos de su papel con cierta petulancia, pero al mismo tiempo con la dignidad y firmeza propias de las circunstancias, aquellos honrados vecinos de Madrid esperaban la hora suprema. La idea de arreglo, arreglo o pastel (era la palabra de moda) les enfurecía. El mismo Morillo, que tan bien cumplía su misión, era mirado con recelo. De los ministros nadie hacia caso, ni Rey ni pueblo, ni ejército ni Milicia. No es posible concebir siete figuras más tristes que las de aquellos abogados o literatos, que contemporizaban con los guardias a condición de que estableciesen las dos Cámaras y el veto.

Frente al Parque de San Gil había en la tarde del 6 varios milicianos, paisanos del *batallón Sagrado*, oficiales del ejército y también algunos de los guardias leales. Formábanse allí diversos grupos de campamento, los unos sentados, en pie los otros, estos en torno a las aguadoras, aquellos paseando a lo largo de la plazoleta. Casi todos nuestros conocidos estaban allí, incluso el nunca bien ponderado Sarmiento, que no había soltado el uniforme ni explicado cosa alguna de los Gracos desde el día 30; pero su lengua no podía estar inactiva tanto tiempo y pasaban de ciento las arengas que en los primeros días de julio había dirigido a sus compañeros en Platerías, en Santo Domingo y en otros distintos puntos. Aquella tarde del 6 estaba ronco y casi asmático, mas no por eso callaba, y como don Primitivo Cordero se atreviese, inefanda idea! a disculpar a los *siete carbuncos*, o sea ministros, don Patricio hizo su apología en estos o parecidos términos:

—¡Qué ha de pasar en una Nación donde ocupa la poltrona de Estado una *Rosita la pastelera*, señores, una dama... vamos, le llamaré hombre; pero qué hombre! ¿Se gobierna una Nación haciendo versos? Si al menos fueran como los de Virgilio; pero allá se va con Rabadán, y ni más ni menos, porque lo digo yo. ¿Qué importa que pronuncie discursos bonitos, pulidos y llenos de mentiras? ¡Vaya unos políticos! Empezó deprimiendo a nuestro querido ídolo Riego, y ha concluido defendiendo a la aristocracia y pretendiendo que le den un título. Sí, para él estaba... Será capaz de vender a Cristo por treinta

Cámaras, (pues no se contentará con dos), y por el veto absoluto. Yo... No lo digo por crueldad, señores, le ahorcaría sin el menor escrúpulo.

¿Y qué diré del *Aprendiz*,[9] señores, del hombre infame que ideó el Reglamento para destruir la Milicia, de ese pedantón, que mientras la patria está en peligro se ocupa en disponer que siembren lino de Irlanda en los campos de Calatayud? ¿Por qué he de ocultarlo? Yo, si estuviera en mi mano, le ahorcaría... Pues bueno va con Garelli,[10] ese jesuitón, ese abogadillo sin pleitos que tan mal habla del ejército de la Isla y que ha defendido el feudalismo; sí, señores, ha defendido los señoríos... Yo... ¡chilindrón, chilindraina!... No vacilaría un momento y le ahorcaría también.

—¿Pero a quién dejará con vida el señor don Patricio? —preguntó Cordero interpretando la burla general de los oyentes.

—En rigor a todos los perdonaría, con tal que soltara la pelleja su amigo de usted, Tintín de Navarra... Pero sigamos con los ministros: de Sierra Pambley[11] no hay que hablar. Ese entró en el Congreso por un voto. ¡Valiente patriota! Es el rey de los pasteleros, pero no para su bolsillo, pues no se cocieron en su horno los robos del empréstito de Vallejo con que tanto ha engordado mi hombre. Si he de ser franco, señores míos, también a ese le ahorcaría, también. El pobre Clemencín,[12] ese literato que se ha pasado la vida haciendo notas, ese desdichado roe-libros que está en la poltrona de Ultramar y que parece un frailito motilón, merece lástima, ¿no es verdad? Pero no, basta de sentimientos y ahorcarle también. Y haremos lo mismo con Balanzat,[13] que no se alzó en el gloriosísimo año 20; que en todos los mandos importantes pone a los verdugos del año 14 y es más absolutista que *Tigrekan*; lo mismo también con Romarate,[14] aunque no sea sino por su misma oscuridad política. Ahorcarles a todos y así aprenderán los que vengan después. Aquí somos bobos: allá, en Francia, sí que lo supieron entender. Así lavaron al país de inmundicia. ¡Ah! si aquí hubiera hombres de agallas... Si aquí no tuviéramos esos respetos ñoños, esos miramientos a

---

9   Moscoso, ministro de la Gobernación. (N. del A.)
10   Ministro de Gracia y Justicia. (N. del A.)
11   Ministro de Hacienda. (N. del A.)
12   De Ultramar. (N. del A.)
13   De la Guerra. (N. del A.)
14   De Marina. (N. del A.)

las altas personas, eso de la inviolabilidad ridícula, ¿y por qué? ¿por qué son esas inviolabilidades?

—¡Prudencia, señores, prudencia! —dijo don Primitivo observando que Sarmiento alzaba demasiado la voz—. Ahora más que nunca se necesita prudencia.

—Pasteles, pasteles —exclamó don Patricio remedando la voz del capitán de la Milicia—. Si nos guiáramos por ustedes los formalitos, esta gran canalla de los guardias quedaría sin castigo, y aun se le daría a cada uno de ellos un grado por la hazaña. Yo repito lo que ha dicho ayer aquí ese joven Narváez, ese valiente oficial a quien pongo sobre mi cabeza y cuento entre los míos, sí; yo digo como él: *es preciso vengar a Landáburu y colgar de un balcón a su asesino Goiffieu*.

—No está probado que Goiffieu hiriera a Landáburu.

—Yo, yo lo he visto —aseguró con furia Sarmiento, poniendo dos dedos de la mano derecha bajo los ojos y tirando de los párpados para descubrir más las sanguinolentas órbitas.

—Señores —dijo de improviso don Benigno Cordero, acercándose al grupo—. Grandes noticias. Parece que al fin aceptan los guardias el convenio y van de guarnición a Talavera y Aranjuez, como han propuesto los ministros.

—Ya, ya me dio el olor del horno —dijo don Patricio—. ¿Calentitos, eh?

—¿Y se confirmará?

—¿De modo que estamos aquí de más?

—Hemos tomado las armas para nada —indicó con ira un barbero de la carrera de San Jerónimo a quien llamaban Calleja.

—He aquí, amigo, nuestros fusiles convertidos en escobas —gruñó Lucas Sarmiento.

—Mejor dicho, en palos para sacar del horno de la reacción estos fétidos bollos que llaman convenios, o arreglos para cortar la efusión de sangre.

—Y el enfermo se muere.

—Se muere el país, la libertad, el Sistema perece. En vano la medicina política propone una sangría... ¡Sangre! ¡Qué ridículo miedo a la sangre!... ¡Qué revolucionarios tenemos aquí, por vida de San Chilindrón chilindraina!... ¡qué Gracos, qué Espartacos, qué Aristogitones, qué Robespierres!

—¿Conque de veras no hay nada?

—Sí, hay los hojaldres de Rosita —repuso don Patricio, con sonrisa de endemoniado.

—Seamos cuerdos —dijo D Benigno Cordero, que era, como verdadero patriota, hombre de mesura y prudencia—. Si se evita una lucha sangrienta, ¿por qué lo hemos de sentir?

—Nada —indicó el Marquesito que era de los más decididos—, mañana los guardias nos escupirán y tendremos que darles las gracias.

—No hay que tomarlo de ese modo, señores. Si habla el fanatismo me callo. La libertad no puede ganar gran cosa con que haya aquí una carnicería. ¡Oh! si todos fuéramos prudentes, si no hubiera fanatismo, si no hiciéramos tonterías...

Don Benigno se enrojecía más con el calor de la conversación y hasta parecía que su nariz se volvía más aguda, sus espejuelos más dorados y sus piernas más torcidas. La idea de la moderación se encarnaba en él, y no podía ver con serenidad los excesos de la gente exaltada.

—Pues no tendrán más remedio que irse a su casa y guardar el fuego para mejor ocasión los señores zurriaguistas —dijo con cierto imperio.

—Nos iremos, nos iremos. Pienso comprar un mico y ponerle mi uniforme. Este trapo no merece ya cubrir el cuerpo de un hombre.

—Ese día aprenderán algo los pobres alumnos, señor Sarmiento.

—No acalorarse —dijo don Primitivo—. Narváez acaba de decirme que no hay nada decidido todavía. Unos aseguran que hay capitulación, otros que no.

—Los ministros están en Palacio.

—¿Dónde han de estar? ¿Dónde ha de estar el ratón más que en su agujero?

—Conferenciando.

—Ese es su oficio, conferenciar. ¡Con cien mil pares de chilindrones, esto es una infamia!

—¿Habrá Cámaras?

—Habrá alcobas, señor don Benigno; habrá vetos; pero ¡ay! no tendremos un Capeto en la guillotina.

—Hombre de Dios, ¡qué furia le ha entrado!

—¿Con que siguen las conferencias?

—Y seguirán mientras haya sueldos. Lo de las dimisiones presentadas el día 4 es una farsa. *Tigrekan* tendrá que mandar a sus mozos de retrete que pongan a los ministros en la puerta de la calle.

—San Martín acaba de entrar en Palacio, señores; le he visto.

—Es natural. No estando en presidio...

—También han entrado los embajadores, con Mr. Lagarde a la cabeza.

—¿También esos pillos? Ya los arreglaría yo.

—Parece que está ya estipulada la reforma de la Constitución.

—Ya escampa. Así como se dice: «antes la muerte que la deshonra», yo digo: «antes quiero verla suprimida que reformada.»

Esta sabia proposición política, tan propia de cabezas españolas, salió entonces de la eminente cavidad cerebral de don Patricio.

—Esa sí que es barbaridad.

—¿Y prefiere usted el despotismo a las dos Cámaras?

—Lo prefiero.

—¿Y el año 14?

—¡Que me den el año 14, chilindrón!

—¿Y la horca?

—La horca no deshonra: los pasteles apestan y manchan... Pero allá viene el gran patriota Megía, que siempre trae buenas noticias.

—Salud, señores —dijo el periodista, llevando militarmente la mano al enorme morrión—. ¿Se van o no se van?

—Usted dirá.

—Creo que nos perdonan la vida, a lo que parece. ¿No dijeron en el Campo de Guardias *que entrarían en Madrid para degollar a todos los pícaros...*?

—Y al fin parece que optan por comer pepinos en Aranjuez y espárragos trigueros en Talavera.

—¿Pero se van de seguro?

—Así dicen... pero don Fernandito, que esta mañana estaba inclinado a transigir con las dos Cámaras, parece que ha dicho esta tarde: *absoluto y nada más que absoluto.*

—Porque en Palacio corren noticias —indicó el sastre Lucas Sarmiento—, de que los carabineros sublevados en Castro del Río, vienen sobre la Mancha con otras fuerzas y con paisanos armados.

—Los rusos... Ahí tienen ustedes a los rusos.

—Con tanto decir que venían, al fin vienen —manifestó riendo don Benigno Cordero.

—Lo que yo puedo asegurar —dijo don Primitivo con cierto misterio—, es que se ha mandado que se concentren en Madrid los milicianos de toda la provincia.

—Eso se sabía... Noticia vieja.

—No tan vieja, señor mío, no tan vieja... Si ustedes me prometieran no contarlo a nadie, les diría una cosa estupenda.

—¿Qué, qué?

Don Benigno, Sarmiento, Megía, Lucas, Calleja, el Marquesito y los demás que formaban el grupo lo estrecharon, encerrando al honrado comerciante en una especie de tonel de humana carne.

—Pues San Martín ha recibido esta mañana un anónimo.

—Un anónimo; eso sí que es grave.

—Sandeces...

—Un anónimo del Pardo... pero me han de prometer ustedes no decirlo a nadie.

Don Primitivo alzaba el dedo como un predicador que exhorta a la penitencia.

—A nadie absolutamente.

—Una carta del Pardo en que se le dice que mañana, 7 de julio, a la madrugada atacarán los Guardias a Madrid por tres puntos distintos, por la puerta del conde-Duque, por...

Las risas no dejaron concluir al señor Cordero.

—Hombre de Dios, usted sueña.

—Lo más que se les puede exigir a esos cobardes es que se dejen atacar en el Pardo.

—¡Es claro; pero venir ellos acá!...

—Bonito genio tenemos. Una cosa es *seducir* a ese confiado Rey y otra atacar a la Milicia.

La gente templada de aquellos días no consideraba a Fernando VII autor de la sublevación de los guardias. Suponíanle mal aconsejado, engañado, *seducido* por los facciosos. Sus antiguos epítetos gloriosos de *Deseado* y

Suspirado, los trocó entonces Borbón por otro que se le aplicaba constantemente. Decían entonces: el *seducido* Monarca, nuestro *seducido* Fernando.

—Basta de engañifas y especiotas —dijo don Benigno disolviendo el grupo—. Es de noche, señores; cada cual a su puesto.

Sonó el ronco estrépito de la retreta.

—Cada mochuelo a su olivo —añadió don Benigno—. Yo me voy a la Plaza mayor, donde se me figura que no estaré de más si ocurre alguna cosa.

—Y yo a casa de San Martín, que me estará esperando. ¡Cómo se entretiene uno con la conversación!

Don Patricio llevó aparte a don Primitivo, a Calleja y a otros dos que vestían de paisano.

—¿Han hecho algo —les dijo—, en el asunto de esa endiablada gentuza de la calle de las Veneras?... Por ahí se ha de empezar. Atáquese la cabeza de la conspiración y se evitarán conflictos como este.

—San Martín lo sabe todo —repuso Cordero—. En efecto, debe atacarse la conspiración en su cabeza.

Los tres siguieron hablando en voz baja.

XVI

Desde el aciego día 30, célebre por la formación, la clausura de las Cortes, los alborotos, los contrarios vivas y el asesinato de Landáburu, en la humilde casa de la calle de las Veneras no hubo un instante de sosiego. Ambos departamentos, el de Naranjo y el de Gil de la Cuadra fueron teatro de sentimentales escenas, ora de desconsuelo y angustia, ora de mortal duda y temor. El buen Naranjo, que no era hombre de grandes hígados, no daba dos cuartos por su existencia, según estaba de medroso y aterrado. Transcurrían las horas en expectación dolorosa, y como el terrible conflicto político no se resolvía, Naranjo no podía yantar sobre manteles, ni dar lección a los muchachos. Bajaba sí a la clase, puntual como un reloj; pero no tomaba las lecciones, ni reprendía a los chicos, y la palmeta se cubría de polvo en un rincón de la mesa. El preceptor absolutista no podía apartar el pensamiento de la tremenda imagen negra de su responsabilidad y castigo, si por acaso las brillantes esperanzas de don Víctor Sáez y del conde de

Moy no tenían realización cumplida. Y síntomas había ¡cielos! de que no la tuviesen.

Con los suspiros de Naranjo alternaban en patético dúo los suspiros de Gil de la Cuadra, que había tocado el cielo con las puntas de los dedos y no lo había podido coger aún. Su yerno, su hijo, la esperanza de su corazón, ideal de toda su vida, el amparo de Solita, el divino Anatolio, aquel enviado de Dios que se llamaba Gordón, había desaparecido con sus compañeros los guardias, y estaba en el Pardo dispuesto, como los demás rebeldes, a una gran batalla, en la cual podía morir. Durante los seis días de julio, ni carta ni noticia tranquilizaron al pobre señor suegro, asegurándole la existencia de su amado yerno.

—El corazón me anuncia —decía—, que va a ocurrirme una nueva desgracia, la mayor de todas, la última, porque yo me muero... Si yo no podía ser feliz... Si era imposible... ¡Bien lo decía yo: tormentos, infierno y desesperación!

El día 4 sintió gran desfallecimiento, y una invasión de dolores agudísimos que de sus inertes extremidades avanzaban lentos y amenazadores hacia el centro de la máquina humana. No podía abandonar el lecho.

—Quién concluirá primero, ¿yo o la revolución de los guardias? —dijo estoicamente—. Ahora, querida Sola, sostén que hay Dios... El corazón, este corazón que jamás me engaña, me dice ahora que tu primo morirá, que quedarás huérfana, que...

El dolor le ahogaba y lloró como un niño.

—¡Qué ridículas manías! —dijo Solita, llorando también—. ¡Qué agorero es usted, padre! ¿Por qué ha de pasar siempre lo peor? ¿Por qué ha de morir mi primo? No parece sino que en una batalla han de morir todos. Si dicen que no habrá nada. Anatolio vendrá tan bueno y tan flamante, me casaré con él muy contenta, y viviremos felices.

—Tú siempre estás fuera de la realidad, siempre vives entre ilusiones y fantasmagorías.

—La desgracia de usted —dijo Naranjo que se hallaba presente y no disimulaba el lastimoso estado de su espíritu—, no es comparable a la mía. No hay que pensar en la muerte de ese joven. Puede morir, pues nadie está seguro de las balas de una batalla... yo estuve en la campaña del Rosellón, y sé lo que son balas... pero puede también no morir.

—Si no muriera yo sería feliz —murmuró Cuadra—, y en eso precisamente consiste el absurdo. Me dejé fascinar por ilusiones... No, no puede ser; me lo anuncia este dócil corazón mío, que ya está esperando el reuma y le dice: «ven perro; te espero tranquilo.»

—Ustedes saldrán bien —añadió Naranjo—, pero yo... Es seguro que los guardias serán derrotados. Ya me estoy viendo en la horca. ¡Maldito sea el día en que nací, y más maldita la hora en que recibí en mi casa a don Víctor Damián Sáez! Él se quedará en Palacio tan tranquilo al lado de Su Majestad, y yo... ¡plazuela de la Cebada, huye de mi vista!

—Fruto de la conspiración, ¡cuán amargo eres! Para una vez que sales dulce y sazonado, ciento te pudres antes de madurar. Yo sé lo que es eso. Amigo Naranjo, le compadezco a usted.

—Con razón, porque... vea usted... Sin comerlo ni beberlo. Después de todo, ¿qué he hecho yo? Nada más que franquear mi casa a don Víctor Sáez, que me dijo necesitaba un lugar modesto y callado, donde pudieran avistarse cuatro o cinco personas sin infundir sospechas. Ellos lo han hecho todo: yo veía y callaba, y vigilaba la casa para que no la invadiera ningún intruso. Me han prometido villas y castillos: aquí han fraguado esa conspiración que ha salido tan mal por la impaciencia de los guardias; aquí se han puesto de acuerdo el confesor del Rey y el conde de Moy, aquí han venido Infantado y Castro Terreño; aquí se han recibido los despachos de Eguía y de la Junta de Bayona, traídos por una señora desconocida, aquí se ha hecho todo; pero yo no soy culpable de nada, de nada más que de ver y callar y ofrecer mi casa. Aborrezco el Sistema; pero amo mi vida, esta vida que no me devolverá don Víctor Sáez, ni el mismo Rey, si el verdugo me la quita por orden de los patriotas.

—Paciencia, paciencia, señor Naranjo —dijo don Urbano con acento solemne—. Este mundo es así, no de otro modo. ¡Bendita sea la muerte!

—Pero si yo no he hecho nada...

—Ha franqueado usted su casa.

—Porque querían un local modesto. ¿Cómo se había de creer que en una escuela de mocosos se tramaba el hundimiento del liberalismo?

—Hay espías en todas partes.

—¡Oh, ya lo sé! Ese tunante de Sarmiento ha espiado mi casa durante un mes. Permita Dios que se quede ciego.

—Cuando me prendieron en la calle de Coloreros le pedí un buche de agua y me lo negó —dijo Cuadra—. En el infierno, si es que lo hay, y cuando se abrase, pedirá agua a los demonios...

—Y le darán fuego. Bien merecido.

—Pero mientras viva... ¡Ay! el mundo pertenece a los pillos. Puede que haya otro para nosotros, amigo Naranjo, mas este, no hay duda que es de los pillos.

De este jaez eran las lamentaciones de los dos desgraciados hombres. Pasaba el tiempo y el conflicto no se resolvía, los temores iban en aumento, y aquellas dos almas se hundían más cada vez en su abismo de negra duda y desesperación. En la noche del 6, la angustia de uno y otro debía tomar aspecto nuevo y más pavoroso. Véase cómo.

Cerca de media noche entró Naranjo despavorido, llenos de mortal espanto los ojos, jadeante y tembloroso como condenado que va al patíbulo.

—¡Estoy perdido! —exclamó dejándose caer en una silla—. ¡Estoy perdido para siempre! Necesito huir, esconderme ahora mismo... Señor Gil, vienen a prendernos.

—¿A prendernos? —preguntó el ex-oidor con cierta calma—. Por fin... Ni aun morir me dejan. Está previsto; me llevarán a un hospital, y llenándome de medicinas el cuerpo, se empeñarán en que viva. Puede que esos perros lo consigan.

—Al amanecer vendrán a prendernos. Me lo avisa un amigo que anda en tratos con esa canalla. ¡Dios mío, abandonar mi casa! ¿Qué voy a hacer yo? ¿A dónde voy yo? Dígame usted, señor Gil, ¿a dónde iré?

—Al cementerio.

El enfermo acompañó con risa irónica su fatídico consejo. Soledad, llena de terror, oraba en silencio.

—¿Hay iniquidad semejante? —exclamó el preceptor, enjugando sus lágrimas—. ¿Qué he hecho yo? franquear mi humilde morada.

—¿Nos prenderán al amanecer?

—Sí, muy temprano. Me lo ha dicho Elías Orejón, que lo sabe por Calleja, barbero de la carrera de San Jerónimo,[15] el cual lo sabe por Jipini, el cafetero de La Fontana. Vendrán, y echándonos una cuerda al cuello, nos arrastrarán a inmundos calabozos.

—¡Paciencia, paciencia! —dijo Cuadra con amargo desdén—. Querida hija, ¿no sostienes que Dios ampara a los débiles?

—Yo me voy... yo me voy —manifestó con honda ansiedad Naranjo—. Huiré... traspasaré la frontera. ¿Cuánto hay de aquí a la frontera?

—Huya usted... yo...

Gil de la Cuadra probó a levantarse del lecho; pero sus miembros doloridos le negaron todo movimiento, y después de incorporarse ligeramente, cayó inerte, lanzando ardiente resoplido.

—Huya usted... —murmuró sordamente—. Yo espero.

—Voy a recoger lo que pueda... Ropa, un poco de ropa. ¡Ay, si tuviera alhajas me las llevaría!

—Es justo. Solita y yo nos quedamos. ¿Qué hora es?

—Las doce y media... ¡Oh, si tendré tiempo, Dios mío, de ocultarme!... Saldré de Madrid; correré la noche y todo el día de mañana... Pronto, pronto; no hay que perder tiempo.

Naranjo corrió a sus habitaciones con la presteza de un gamo perseguido. En el breve instante que estuvieron solos, padre e hija no hablaron nada. Los dos parecían muertos.

Volvió Naranjo con un lío, que febrilmente compuso, arreglándolo todo en la brevedad de un pobre pañuelo. Por fortuna era célibe y no tenía más familia que su propia persona. La mujer que le servía, una pobre anciana sin amparo y muy religiosa, libre de todo otro temor que no fuera el de Dios, se negó a acompañarle.

—Va a ser la una. ¿A qué hora amanece? señora doña Solita de mi alma, si me diera usted un alfiler se lo agradecería.

Mientras arreglaba el paquete su lengua no podía estar en reposo.

—Parece —decía—, que la conspiración no puede ir peor. Esos necios han echado a perder un negocio tan bien tramado. Ahora se niegan a ir a Talavera, donde les destinó el Gobierno. ¡Menguados, menguadillos! La Milicia

---

15   Véase *La Fontana de Oro*. (N. del A.)

y las tropas de línea que hay en la Corte y las que han venido de Burgos y Valladolid les atacarán mañana, y una de dos: o se rinden o se dispersan.

Don Urbano echó en un suspiro la mitad de su alma.

—Va a haber una degollina de guardias... Vaya que en rigor lo tienen bien merecido por cobardes, por torpes... ¡Qué irrisoria muchachada! Han comprometido sin fruto a Su Majestad.

—señor de Naranjo —dijo Cuadra con acento de dolor muy vivo—, váyase usted de una vez.

—Es una infamia lo que han hecho —añadió el preceptor—... ¡Irse al Pardo! Si hubieran atacado el día 1.º a la Milicia, fácil habría sido desarmarla, pero ahora... Me alegraré de que los patriotas les machaquen las liendres. Si no quedara uno...

—Por favor, señor Naranjo, váyase usted.

Arreglado el paquete, el maestro se sentó sobre él. Estaba meditabundo y desconcertado.

—¿Hay desgracia mayor que la mía? —murmuró sollozando.

—Se queja de vicio.

—¡Sí, abandonar mi casa, mi profesión, mi bienestar modesto! Sabe Dios si lograré escapar de los patriotas... En situación tan aflictiva, señor Gil de mi alma, estoy sin recursos...

—¿Qué?

—Que no tengo dinero.

Gil de la Cuadra miró a su hija, que supo adivinar al instante la intención de la mirada. Soledad sacó un pequeño talego escuálido, dentro del cual sonaba algo.

En los ojos de Naranjo brilló un rayo de alegría.

—Dáselo —dijo don Urbano—. Él lo necesita más que nosotros.

Soledad puso en las manos del infeliz preceptor todo su dinero.

—Gracias, amigos míos, gracias. ¡Bendita generosidad!... Dueños son ustedes de mi casa.

—Hasta el amanecer —murmuró Gil.

—Quién sabe; ustedes son inocentes.

—Casi siempre lo he sido. Por lo mismo...

—Pueden tener esperanza. ¿Por qué no? —dijo Naranjo levantándose.

—¡Esperanza! ¿Qué es eso?

—¿Se me figura que debo retirarme, eh? Si se les antoja venir antes del día...

—Es probable.

—Adiós, amigo y amiga. Les daré noticias mías.

—En el otro mundo.

—Hacen mal en no tener esperanza... Quién sabe, Dios...

—Sí, ya se está ocupando de nosotros.

—Dios no abandona a las criaturas. Ánimo, amigo mío.

—Al fin lo tengo. Nunca he tenido tanto. Váyase usted, Naranjo. Es tarde, pueden venir...

—Adiós, adiós... Que Dios me ampare y nos ampare a todos.

Desapareció como ágil ratón sorprendido en sus rapiñas.

XVII

Largo rato estuvieron hija y padre sin pronunciar una palabra. Ambos tenían sin duda algo que decir; pero ninguno quería ser el primero en romper a hablar. Soledad tenía la cabeza inclinada, las manos en cruz. Don Urbano miraba al techo. Por fin, con voz ronca y un acento de ironía que en él no había sido nunca común, se expresó así:

—A ver, hija mía, dime dónde está nuestra Providencia, dime dónde está nuestro Dios. Que vea yo a ese Dios y esa Providencia, aunque solo sea por un instante.

Soledad contempló con lástima profunda la deplorable figura de su padre que parecía un muerto con voz y movimiento. Compadeciole más aún por el triste estado de su alma sin fe.

—Padre, no dude usted de Dios —exclamó acercándose a la cama—. Todavía puede castigar más.

—¿Más todavía? ¡Ah! Cuando venga el castigo, ya estaré yo en el otro mundo. De modo que... ¡ahí me las den todas!

Una carcajada de insensato siguió a estas palabras. Pero el espíritu de aquel desgraciado varón solía tener bruscas defensas y reacciones contra el escepticismo. La presencia y la voz dulce de su hija produjeron hondo sacudimiento en el espíritu del hombre enfermo.

—Ven acá —le dijo llorando—, ven y dime algo bueno. Consuélame. ¿Te parece que nuestra situación es lisonjera?

Soledad se arrojó en los brazos de su padre.

—Es triste —dijo—, muy triste; ¿pero no podremos encontrar algún amigo que nos salve?

—¿Amigos nosotros? ¡Qué absurdo has dicho! —murmuro Gil bebiéndose sus lágrimas—. ¡Oh! Si Anatolio viniera.

—Eso es seguro.

—Sabe Dios si le volveremos a ver. Los guardias huirán, saldrán de España... Esto es horrible... Nada me importa por mí, que moriré; pero tú, tú... ¿quieres morir?

—Yo sí; pero cuando Dios lo ordene...

—Pues no nos da pruebas de querer que vivamos. Hija de mi alma, ¿has visto conflicto semejante? ¿Crees en la posibilidad de que salgamos bien de esta agonía?

—Sí lo creo.

—¿Cómo?

—Pidiendo protección.

—¿A quién, loca, a quién? Sabes que dentro de algunas horas vendrán los patriotas, y nos prenderán.

—Quizás no, porque no hemos hecho nada.

—Sí, ve a convencer a esa canalla... Nos arrastrarán a una mazmorra; seremos ultrajados por la plebe soez... No quiero pensarlo. Antes mil veces la muerte para los dos, para ti y para mí.

—¡No, no, no! —dijo Soledad con ardor—. Buscaremos quien nos proteja.

—¡Ay! ¡Protección al desvalido, al triste, al abandonado!... No puede ser.

—¿Por qué no?

—¡Pero quién! Revuelve toda la creación y dirás como yo: «muerte, nada más que muerte.»

—Yo digo que nos salvará algún amigo.

—Y yo digo: «descanso, descanso.» ¡Oh, qué dulce palabra!

Cerraba los ojos para contemplar dentro de sí mismo un remedo de la paz de los sepulcros.

—¡No, no, no! —repitió Soledad levantándose con cierta vehemente altanería—. Yo saldré, yo buscaré quien nos ampare.

—Dime antes su nombre —murmuró Urbano abriendo los ojos con extravío.

Solita sintió el violento sacudir de la voluntad que vibra su rayo omnipotente en nuestro espíritu en momentos de peligro, y cerrando los ojos, olvidando toda consideración, pronunció un nombre.

El semblante de Gil de la Cuadra se contrajo, y sus labios articularon lastimero quejido.

—Me has traspasado el corazón —dijo después de una pausa, con voz muy queda y dolorida.

Solita callaba sin atreverse a añadir una sílaba más.

—Quizás pudiera hacer algo por nosotros. De seguro podría... —dijo el viejo rechazando con la derecha mano una figura imaginaria—; ¡pero no, atrás!... ¡nunca! Hija mía, toma un cuchillo, atraviésame de una vez el corazón; mátame; pero no pronuncies ese nombre, no me mates así... que esa muerte es demasiado terrible.

La infeliz muchacha apenas tenía ya alma para resistir tanto dolor.

—¡Todavía; pero todavía!... —exclamó oprimiendo su cabeza con ambas manos—. Cuando todo nos falta; cuando no hay castigo que Dios no nos haya enviado, cuando nombramos a la muerte como única esperanza nuestra... ¡todavía, señor, ese aborrecimiento que es como el de los demonios!

—Todavía —murmuró la voz de Gil, profunda, hondísima, lejana, cual si sonara en lo más recóndito de su cuerpo—. Todavía y siempre.

Oyéronse golpecitos a la puerta y una vocecilla cascada que decía:

—¿Se ofrece algo?

Era la pobre anciana que cuidaba de Naranjo, mujer piadosa, sencilla y caritativa, aunque curiosa.

—¿Conque parece que nos quedamos solos? —dijo al entrar—. ¿Y qué tal va el señor Gil?

Como nadie le contestase, dirigiose a Sola y le manifestó su alto criterio terapéutico en estos términos:

—Al señor le convendría tomar una tacita de tila. Voy a hacérsela. ¿Hay lumbre en esta cocina?

—Hija mía, Soledad, Soledad —gritó bruscamente don Urbano, como el que despierta de un sueño—. ¿Dónde estás?

—Aquí... No me separo un instante.

—¿Sabes que no te veo?... —añadió el enfermo con mucha agitación—. ¿Pero hay luz en el cuarto?

—Luz hay.

—¡Ah!, sí... ya distingo, ya veo algo... Pero nada más que sombras. ¿Estás aquí?... ¡Qué espanto! Me quedo ciego... Yo no te veo bien. ¿Hay alguien más en el cuarto?

—Nadie más. Doña Rosa ha pasado a la cocina.

—Dime: ¿has echado algo en mis ojos?... Yo no te veo bien... Me quedo ciego. ¿Has echado algo en mis ojos?

—¿Yo?

—Podía ser. Te empeñas en matarme. Como pronunciaste aquel nombre que era un puñal... ¡Oh! ¡Dios mío! ¿Qué oscuridad es esta que me rodea? Soledad, mis ojos se nublan. Dime, ¿esto es morir? ¿Se muere así?

—Eso no es nada. Una irritación del cerebro. Procure usted dormir.

El anciano descansó su cabeza en la almohada y parecía caer en profundo sueño.

—Si viniese Anatolio... —murmuró—, que me despierten al instante. Quiero verle.

Un momento después dormía con aletargadamente y sin tranquilidad. Se agitaba en el lecho, pronunciaba palabras, se oprimía con la mano el corazón, lanzando lastimeros quejidos. Soledad lo contemplaba en silencio, sin pestañear, casi sin respirar, atenta a las vibraciones dolorosas de aquella triste vida que se extinguía por grados. Decir lo que pensó en aquellos breves instantes, cuántas ideas cruzaron por su inflamado cerebro como relámpagos tempestuosos; decir qué sentimientos la agitaron y qué palabras salían de su pecho y expiraban en sus labios sin modularse, fuera imposible.

La solícita doña Rosa la sacó de aquel estado.

—Es preciso tomar una determinación, niñita mía —le dijo—. Yo he visto muchos enfermos. ¿Qué le pasa a usted que parece de mármol? Muévase, determine algo. Es preciso hacer algunas medicinas. Mire usted, yo llamaría a un médico.

Soledad vio en toda su gravedad lo real de aquella situación. Dio algunos pasos de la sala a la cocina y de la cocina a la alcoba. Registró todo y no encontró un solo ochavo. Después se detuvo de nuevo, sumergiendo su espíritu en honda meditación.

—Voy a salir —dijo de súbito a la anciana.

—Gracias a Dios que toma usted una determinación. Yo cuidaré al señor mientras usted vuelve.

—Voy a salir —repitió la joven con aplomo.

Púsose el manto y se acercó al enfermo, contemplándole con atención profunda. Gil se movía con inquietud, se quejaba, pronunciaba como antes palabras confusas. Al ver la religiosa y profunda atención con que Soledad le miraba, creeríase que el espíritu del padre y el de la hija se comunicaban en regiones lejanas, desconocidas, allá donde las almas amigas se abrazan, rotos o aflojados los lazos de la vida.

Don Urbano en su delirio pronunció tres clarísimas palabras en tono de contestación. Al oírlas Soledad se estremeció toda, y en el fondo de su alma resonaron con eco terrible las tres palabras.

Gil de la Cuadra había dicho:

—Sedujo a mi esposa.

Soledad pasándose la mano por la frente dio algunos pasos. Detúvose, clavando la vista en el suelo. Luchaba interiormente, pero al fin ganó la batalla, y dijo con resolución:

—No importa... Voy.

XVIII

Eran las dos. La noche era serena y tibia, y en el cielo oscuro comenzaban a palidecer temblando las estrellas. Solita envolviose bien en su pañuelo, y sin asomos de miedo, porque la apurada situación suya no lo permitía, bajó hacia la plazuela de Navalón. Poco tiempo empleó en llegar a una calle cercana, donde los informes que recibiera del sereno la obligaron a retroceder.

—¡Dios mío! —decía para sí—, ¡haz que encuentre pronto ese *batallón Sagrado*!

Por el Postigo de San Martín subió en busca de la calle de Tudescos y la Luna, andando aprisa, sin reparar en los pocos transeúntes que a tal hora hallaba en su camino, hasta que sintió un rumor lejano, un murmullo de gente y pasos, que en el silencio de la noche resonaban de un modo singular en las angostas calles. Entonces sintió miedo y se detuvo a escuchar. Por la calle de la Luna pasaba una cosa que no podían precisar bien los agitados sentimientos de Sola; un animal muy grande, con muchas patas, pero sin voz, porque no se oía más que la trepidación del suelo. Acercose más y vio pasar de largo por la bocacalle multitud de figuras negras; sobre aquella oscura masa brillaban agudas puntas en cantidad enorme.

—¡Ah! —dijo Sola para sí reconociendo lo injustificado de su miedo—. Es un ejército... ¿Si será el batallón Sagrado?

Apresuró el paso; pero no había dado seis, cuando se oyó un tiro, después dos, tres... Solita se quedó fría, yerta, sin movimiento. Aumentado el estrépito por su imaginación, parecíale que Madrid había volado.

—¡Tiros!... ¡Una batalla!

Varios individuos corrieron a su lado por la calle de Tudescos abajo, gritando:

—¡Los guardias, los guardias!... ¡Qué degüellan!

Soledad corrió también por instinto. Los tiros se repitieron, y sobre el tumulto descollaban tremendas voces que decían:

—¡Viva el Rey absoluto!

Y allá más lejos otras que no se entendían bien. Por callejones que no conocía, siguiendo a las personas del vecindario que alarmadas salían de las casas, Soledad llegó a una calle, que reconoció por la de San Bernardo.

—¡Ah! —murmuró—. Aquí me han dicho que está el batallón Sagrado, hacia la cuesta de Santo Domingo. Vamos allá.

Para concluir pronto, acortando en lo posible las angustias de la expedición, corrió en la dirección indicada; pero al fin la mucha gente que se agolpaba en aquel sitio, obligola a detenerse. La muchedumbre retrocedió de repente, y viéronse varios soldados de a caballo, que sable en mano gritaban:

—¡Atrás, a despejar!

Para no ser arrollada, Solita huyó entre multitud de personas que se atropellaban, gritando:

—¡Jarana! ¡Que vienen los guardias!... ¡Que van a disparar el cañón!

—Dígame usted, buen amigo —preguntó la muchacha a un hombre que a su lado iba—, ¿dónde está el batallón Sagrado?

—¿El batallón Sagrado? Pues cuenta que está en la Plaza mayor.

—Me habían dicho que en la Cuesta de Santo Domingo.

—Quia, no señora. ¿Qué entiende usted de eso?

—Tiene usted razón, buen amigo, yo no entiendo nada. ¿Conque dice usted que en la Plaza mayor?

—Mismamente... ¡Los guardias vienen!

—¿Por dónde cree usted que debo ir? —preguntó Sola, advirtiendo que la gente corría en todas direcciones y que se oían los tiros más cerca.

—Por ninguna... —repuso el hombre metiéndose en su casa y cerrando sin dilación.

Soledad no se desanimó, y por la calle de la Justa trató de emprender su camino; pero al poco tiempo vio que la de Tudescos estaba intransitable. Pasaban por ella varias columnas de guardias, que al verse sorprendidos en la calle de la Luna, buscaban la de Jacometrezo y Postigo de San Martín para dirigirse al centro de la villa.

Aguardó a que pasaran, y luego, prefiriendo dar un rodeo a perder tiempo esperando, marchó a tomar la calle de la Montera por la del Desengaño.

—Por allí no habrá nadie —pensó—. Bajaré a la Puerta del Sol, y en un periquete estaré en la Plaza mayor... Virgen de los Remedios, favoréceme.

En efecto, la infeliz muchacha llegó por fin a la Puerta del Sol, donde había empezado a reunirse bastante gente. Tropa y milicianos formaban delante de la casa de Correos; pero después de un instante la tropa entraba en aquel edificio y los milicianos subían por la calle de Carretas.

—¿Es cierto que el batallón Sagrado está en la Plaza mayor? —preguntó Solita a un miliciano que marchaba a toda prisa con el fusil al hombro.

Como no recibiera contestación, hizo la misma pregunta a dos paisanos que también armados de fusil, marchaban hacia la calle mayor.

—Venga usted, prenda, y lo veremos.

Soledad les siguió a cierta distancia, andando tan aprisa como ellos. Vio que satisfecho el primer impulso de curiosidad de los vecinos, se cerraban todas las puertas, y que apenas había mujeres en la calle. El estado de su afligido espíritu no le permitió observar que poco a poco se iba introduciendo en una atmósfera de peligro. La infeliz comprendió, sí, que iba a ocurrir algo grave; pero pensaba llegar antes que sonase la hora del conflicto, desempeñar su misión y volverse a su casa. Ella decía:

—Todavía es de noche. Hasta que no amanezca no habrá batallas.

En las inmediaciones de la Plaza mayor, los milicianos ocupaban toda la calle. Había cierto desorden en sus filas, los jefes corrían de un lado para otro, y resonaban aquí y allá las palabras de tal cual arenga, pronunciada desde lo alto de un caballo. Murmullo atronador ensordecía la calle, todos hablaban a la vez, amenazaban, discutían, proponían; oíanse trastrocadas y revueltas las palabras *libres* y *esclavos*, *leales* y *pérfidos*, *Constitución* y *Rey neto*, *libertad* y *despotismo*. Todo se oía, menos lo que Solita quería oír.

—¿El batallón Sagrado? —preguntó tímidamente al primer miliciano que tuvo a mano.

—El batallón Sagrado... ¡Ah!... vaya usted a saber, niña —le contestaron.

—Allí está mi primo —dijo otro.

—Lo manda San Miguel.

—Entonces debe de andar por el cielo —añadió un chusco—, pues si es sagrado y lo manda un arcángel...

Soledad, con el corazón oprimido, se dirigió a otro grupo; pero no había abierto la boca, cuando oyó gritar:

—¡Paso, paso!

Y estuvo a punto de quedarse sorda por el estrépito que producían los cañones, que arrastrados a escape por poderosas mulas, venían la calle adelante, rechinando, saltando, rebotando sobre cada piedra. Soledad empezó a comprender que Dios la abandonaba en aquel trance, que la ocasión y el lugar no eran a propósito para buscar a un hombre perdido en la inmensidad del batallón Sagrado, y en la hora crítica de la revolución. Esta idea la afligió tanto, que quiso hacer un esfuerzo, sobreponerse con animoso espíritu a las circunstancias y seguir hasta donde pudiera con desprecio de la vida. Érale indispensable buscar y encontrar en aquella misma mañana a la única persona de quien podía esperar auxilio de todas clases en su desesperada situación. Recordó a su padre moribundo, sin recursos; la pobre casa desamparada, que muy pronto sería invadida por feroces polizontes; y cerrando los ojos a todos los peligros, al formidable aparato de tropas, desoyendo el rugir de la Milicia, el estrépito de las preparadas armas, dio algunos pasos hacia el arco de Boteros.

—Entraré —pensó—, y yo misma veré si está o no ese batallón Sagrado.

Se sintió cogida por un brazo y rechazada hacia atrás, mientras una bronca voz le decía:

—Atrás... ¡que en todas partes se han de meter estas condenadas!

—¿El batallón Sagrado? —murmuró Soledad.

Pero otro brazo de hierro la arrojó hacia la acera de enfrente. Se volvió contra la pared y así estuvo breve rato. Cuando miró de nuevo hacia las entradas de la Plaza, Su rostro estaba inundado de lágrimas. Era espectáculo digno de que un psicólogo lo observara, ver cómo, haciendo alarde de energía varonil, se limpiaba aquella infeliz sus lágrimas, cómo sofocaba sus suspiros, diciendo:

—Puede que sea fácil entrar por la calle de Atocha... ¡Dios mío! ¿Cómo vuelvo a mi casa sin haberle visto?

Corrió hacia la plazuela de San Miguel y después hacia la Puerta del Sol. Por ninguna parte había salida; por todas partes, tropa y milicianos, que mandaban a los vecinos retirarse. Solita al fin se declaró vencida.

—Dios no quiere —dijo—. Es imposible. Volveré a mi casa... Dios no nos abandonará.

Una idea lisonjera iluminó de súbito su entendimiento, infundiéndole repentina alegría. En sus labios vaciló una sonrisa.

—Con esta jarana tan tremenda —pensó—, la policía no se cuidará de ir a mi casa. Todos tendrán mucho que hacer.

Pensando esto dobló la esquina para bajar por la plazuela de Herradores.

—¿Pero y si van? —pensó después—. Si le llevan a la cárcel, como está... Se morirá por el camino... No, no irán, es imposible que se acuerden de tal cosa; lo peor es que no tenemos nada. ¡Qué disparate haber dado al señor Naranjo todo el dinero!... ¿Quién nos amparará si no encuentro hoy al batallón Sagrado?... Y le he de encontrar... Veremos más tarde... Esto acabará pronto... ¡Pero si le sucede algo, si le matan!...

El terror que esta idea le producía la desconcertó un momento; pero llenándose de fe, su alma privilegiada se tranquilizaba. Dios, sin embargo, no quiso que en aquella aciaga mañana fueran dichosas las horas de la infeliz joven, y no la dejó andar veinte pasos en paz. Por la calle de las Fuentes, por la de las Hileras subían columnas de milicianos granaderos, terribles, amenazadores; iban a cubrir el flanco de la Plaza. El paso por aquella parte estaba cortado.

Soledad viendo la alarma del vecindario, quedó yerta de espanto. Gritaban en los balcones las mujeres, lloraban algunas, votaban los hombres. Cerrábanse puertas, se desocupaba a toda prisa la calle; hasta los perros huían azorados y despavoridos. Por un instante no supo la pobre qué resolución tomar; vaciló entre seguir bajando o correr de nuevo hacia arriba. El aspecto imponente de las tropas que subían la ofuscó de tal modo, que tomó el peor partido, corriendo hacia la calle mayor; pero dos mujeres que iban hacia la calle de Santiago, indicáronle aquella dirección como la mejor. Las siguió sin vacilar, creyendo encontrar por allá fácil acceso hacia su casa; pero no había llegado a la calle de Milaneses cuando sintió el horrible estrépito de miles de disparos, gritos, vivas y mueras; un bramido colosal, mezcla de humanas voces y de la tremenda palabra de los cañones. El valor le faltó de súbito entonces y tuvo que apoyarse en la pared para no caer.

En la calle de Santiago había espacio suficiente para ponerse a salvo de las balas, y era considerable la multitud de curiosos. Muchos de estos emprendieron la retirada hacia la parroquia para apartarse lo más posible del lugar de la refriega; pero unas mujeres que subían de la plaza de Oriente, gritaron:

—¿A dónde van ustedes? Los guardias de Palacio han subido a San Nicolás y vienen todos hacia acá.

Al oír esto, muchos se metían precipitadamente en las casas, otros se agolpaban en las calles del Espejo y de Mesón de Paños. La de Santiago quedó vacía.

¿En dónde está Solita? El narrador lo ignora, y llamado por el duelo en que se empeñan rencorosamente Despotismo y Libertad, no trata por ahora de averiguarlo.

XIX

Cuando el brigadier Palarea, aquel famoso guerrillero del año 8 (a quien llamaban el *Médico* porque curó gente por la ciencia antes de matarla con la espada), supo que venían los esclavos, tomó sus disposiciones en la Plaza mayor, donde estaba con los milicianos. El oficial de artillería que mandaba las piezas dormía en la Panadería, y, avisado del peligro, saltó por un balcón para llegar más pronto a su puesto. Felizmente todos estaban preparados, y no hubo más confusión que la propia de tales casos. Los milicianos, a causa del entusiasmo que les poseía, no perdieron la serenidad en aquella mañana, y si alguno temblaba dentro de su uniforme, como parece creíble, esto no pasó de la esfera individual, y la Institución se sostuvo firme y tranquila. Por primera vez en su vida aquello que parecía destinado a ser pequeño empezaba a ser grande. Hombres de costumbres pacíficas y sin ideal guerrero de ninguna clase iban a familiarizarse con el heroísmo. Estos milagros los hace la fe del deber, la religión de las creencias políticas cuando tienen pureza, honradez y profundas raíces en el corazón.

Por la calle mayor adelante avanzó la columna de guardias, tan orgullosa como si fuese a una parada, al son de sus ruidosos tambores, y dando vivas al Rey absoluto. Era costumbre entre los guardias llamar a los milicianos *soldaditos de papel.* Ya se acercaba el momento de probarlo, y esgrimidas las armas de uno y otro bando, iban a chocar el acero y el cartón. Nada más imponente que los rebeldes. Sus barbudos gastadores, cubiertos con el mandil de cuero blanco, parecían gigantes; sus tambores eran un trueno continuado; su actitud marcial, perfecta, su orden para el ataque inmejorable, sus *vivas* infundían miedo, sus ojos echaban fuego.

La columna se detuvo y miró a la izquierda. Ya se sabe que la Plaza mayor tiene dos grandes bocas, por las cuales respira, comunicándose con la calle del mismo nombre. Entre aquellas dos grandes bocas que se llamaban de Boteros y de la Amargura, había y hay un tercer conducto, una especie de intestino, negro y oscuro: es el callejón del Infierno. Por una de estas tres bocas, o por las tres a un tiempo, tenían los guardias forzosamente que intentar la ocupación de la Plaza, de aquel sagrado Capitolio de la Milicia Nacional, o alcázar del soberano pueblo armado.

Cuando se acercaron hubo un momento de profundo silencio. Allá dentro, a la primera luz del naciente, se veían brillar los cañones de los fusiles preparados. ¡Qué ansiedad espantosa! Con el aliento suspendido, se contemplaron el guerrero y el ciudadano, el hierro y el papel. Oyéronse algunos gritos, diéronse algunos pasos y tempestad horrísona estalló en el aire.

En el paso y arco de Boteros, en la calle de la Amargura, en el callejón del Infierno se trabó simultáneamente la pelea. Los guardias atacaron con fatuidad, los milicianos defendiéronse con vigor, no sin gritos patrióticos, que les inflamaban, recordándoles la noble idea por quien combatían. El cañón de Boteros y el de la Amargura tronaron a la vez y sus primeros disparos de metralla desconcertaron a los guardias.

No obstante, como eran gente tan aguerrida, rehiciéronse sin tardanza; habían puesto a su cabeza a los granaderos de premio y a los gastadores de luenga barba, algunos de los cuales eran veteranos de las guerras de la Independencia y del Rosellón. Los milicianos tenían en su vanguardia toda la gente menuda, los cazadores, la juventud entusiasta, los menestrallillos, los hijos de familia, los señoritos y los horteras. Pero Dios, que siempre protege a los débiles, quiso en aquel crítico día infundir en el alma de los pobres chicos una fuerza inaudita, y si los guardias arremetían con vigor, las descargas cerradas de aquella juventud impertérrita que no veía el peligro ni hacía caso de la muerte, detenían a los orgullosos veteranos.

En Boteros consiguieron adelantar algo, y llegó un momento en que las manos de los gastadores pudieron tocar el cañón. En el ángulo que el pórtico forma con la Plaza hubo confusión, cierto pánico entre los milicianos, y amenazaba presentarse un verdadero peligro, si esfuerzos supremos no restablecían la superioridad hasta entonces demostrada por los defensores del pueblo.

Palarea, que a caballo a la izquierda de la pieza de artillería, dio un grito horrible, y con el sable vigorosamente empuñado por la trémula diestra, rugió órdenes. El comandante de la Milicia que mandaba en aquel punto a los cazadores sintió en su interior un estremecimiento terrible, una rápida sensación de frío, a que siguió súbito calor. Ideas ardorosas cruzaron por su mente; su corazón palpitaba con violencia; su pequeña nariz perdió el color; resbaláronsele por la nariz abajo los espejuelos de oro; apretó el sable en el puño; apretó los dientes, y alzándose sobre las puntas de los piececillos, hizo movimientos convulsivos, semejantes a los de un pollo que va a cantar; tendiéronsele las cuerdas del pescuezo; púsose como un pimiento, y gritó:

—¡Viva la Constitución!... ¡Cazadores de la Milicia... A cargar!

Era el nuevo Leónidas, don Benigno Cordero. Impetuoso y ardiente se lanzó el primero, y tras él los cazadores atacaron a la bayoneta.

Antes de dar este paso heroico, verdaderamente heroico, ¡qué horrible crisis conmovió el alma del pacífico comerciante! don Benigno no había matado nunca un mosquito; don Benigno no era intrépido, ni siquiera valiente, en la acepción que se da vulgarmente a estas palabras. Mas era un hombre de honradez pura, esclavo de su dignidad, ferviente devoto del deber hasta el martirio callado y frío; poseía convicciones profundas; creía en la libertad y en su triunfo y excelencias, como en Dios y en sus atributos; era de los que creen en la absoluta necesidad de los grandes sacrificios personales para que triunfen las grandes ideas, y viendo llegado el momento de ofrecer víctimas, era también capaz de ofrecer su vida miserable. Era un alma fervorosa dentro de un cuerpo cobarde, pero obediente.

Cuando vio que los suyos vacilaban indecisos; cuando vio el fulgor del sable de Palarea y oyó el terrible grito del brigadier guerrillero y médico, su alma pasó velozmente y en el breve espacio de algunos segundos, de sensación a sensación, de terribles angustias a fogosos enardecimientos. Ante sus ojos cruzó una visión, y ¡qué visión, Dios poderoso!... pasó la tienda, aquel encantador templo de la subida a Santa Cruz; pasó la anaquelería, llena de encajes negros. Las puntillas de Almagro y de Valenciennes se desarrollaron como tejidos de araña, cuyos dibujos bailaban ante sus ojos; pasaron los cordones de oro, tan bien arreglados en rollos por tamaños y por precios; pasó escueta la vara de medir; pasaron los libros de cuentas y el gato que se relamía sobre el mostrador; pasaron, en fin, la señora de Cordero y los borreguitos, que eran tres, si no miente la historia, todos tan lindos, graciosos y sabedores, que el buen hombre habría dejado el sable para comérselos a besos.

Pero aquel hombre pequeño estaba decidido a ser grande por la fuerza de su fe y de sus convicciones; borró de su mente la pérfida imagen doméstica que le desvanecía, y no pensó más que en su puesto, en su deber, en su grado, en la individualidad militar y política que estaba metida dentro del don Benigno Cordero de la subida de Santa Cruz. Entonces el hombre pequeño se transfiguró. Una idea, un arranque de la voluntad, una firme aplicación del sentido moral bastaron para hacer del cordero un león, del honrado y pacífico comerciante de encajes un Leónidas de Esparta. Si hoy hubiera leyenda, si hoy hubiera escultura y don Benigno se pareciese a una estatua, ¡qué admirable figura la suya elevada sobre un pedestal en que se leyese: *¡Cordero en el paso de Boteros!*

Rugiente y feroz se lanzó el comandante de cazadores. Estos cargaban como los infantes españoles de los grandes tiempos antiguos y modernos, con brío y desenfado, cual si hicieran la cosa más natural. La falange de papel destrozó a los caballeros invencibles de corazón de hierro, que se desconcertaron, no solo por el empuje de los milicianos, sino por la sorpresa de verse tan bizarramente acometidos.

Ni remotamente lo esperaban. Unos cuantos volvieron la espalda, y la columna acabó de desorganizarse. ¡A correr! Viose caer bastante gente de una y otra parte, y la derrota de los guardias era evidente en el paso de Boteros, porque alentados los milicianos, cayeron sobre ellos enfurecidos, y con el furor de los unos crecía el desánimo de los otros. Corrieron, acuchillados sin piedad, por la calle mayor, en dirección de la Puerta del Sol.

En el momento del triunfo un héroe, caído en tierra, bañaba con su sangre preciosa las piedras de la calle. Era don Benigno Cordero. Pero no lloréis númenes de la historia. Para gloria de la Milicia Nacional de España y de la humanidad Cordero no murió, y restablecido en pocos días de sus heridas, disfrutó por muchos años de la dulce vida, haciendo la felicidad de su familia, de sus amigos y de sus parroquianos en la modesta tiendecita de la subida a Santa Cruz. Boteros, las Termópilas de este hombre pequeño no lleva su nombre.

XX

En la Amargura, los granaderos y los cazadores de la Milicia rechazaban con igual bravura a los *esclavos*, y en el callejón del Infierno, sitio de encarnizada pelea, un hombre formidable, una encarnación del dios Marte con morrión, hundía su bayoneta en el pecho de un faccioso, gritando con voz de cañonazo:

—¡Por vida de los cien mil pares de gruesas de chilindrones!... ¡perro, canalla, jenízaro! ¡Suelta la vida aquí mismo... Suéltala!...

Ciego de ira, don Patricio, el pacífico preceptor, transformado en bestial sicario por el fuego político que inflamaba su alma, apretaba los dientes, abría los ojos como un estrangulado, y su proterva lengua blasfemaba. El entusiasmo hacía de don Benigno Cordero un héroe, el fanatismo hacía de Sarmiento un soldadote estúpido. Tan ciego estaba que cuando sus compañeros corrieron por el callejón abajo, arrastrándole, siguió haciendo un uso lamentable de la bayoneta, y después de pinchar con ella a un miliciano, la clavó en la pared, diciendo:

—¡Y tú también... tú!

En tanto los guardias corrían en retirada hacia la Puerta del Sol a unirse con la segunda columna. El general Ballesteros, que en aquel instante llegaba del Parque a hacerse cargo del mando de la Plaza mayor, puso en Platerías las dos piezas que había traído y ametralló a los fugitivos, disponiendo que Palarea los atacase por la calle de Carretas. Pero los guardias se desconcertaron de tal modo en la Puerta del Sol, que no fue preciso desplegar gran estrategia para obligarles a una completa fuga.

Unos intentaron subir la calle de la Montera; pero de los balcones les arrojaban a falta de balas, toda clase de cachivaches y hasta los morteros de las cocinas. No pocos se pasaron a las filas leales, y la mayor parte emprendieron su retirada por la calle del Arenal, donde tuvieron que tirotearse con la compañía de granaderos milicianos apostada en San Ginés y en las inmediatas calles de las Hileras y las Fuentes. Fracaso más vergonzoso no se ha visto desde que hay pronunciamientos en el mundo. Nada faltó a los sediciosos para su total aniquilamiento y deshonra: los milicianos se permitieron hasta la inaudita osadía de hacerles prisioneros, copando algunas docenas de hombres en la plazuela de los Caños.

Entre los vencedores no se oía más que una voz: —¡A Palacio, a Palacio!

Faltaba lo mejor de la fiesta, porque dos batallones de guardias permanecían intactos en el alcázar, y los derrotados de la Plaza mayor iban en aquella dirección. En Palacio estaba el Rey, acusado de dirigir desde su gabinete toda la maniobra sediciosa, asistido de los pérfidos consejeros a quienes *El Zurriago* llamaba *Infantón, Casarrick* y el general *Castañuelas* (Castro-Terreño). En Palacio se hallaban también los ministros en la más triste y ridícula de las situaciones imaginables, prisioneros, sin prestigio ante la Milicia ni ante el despotismo; estaba asimismo San Martín, que, según dicen, lloraba, deplorando la reclusión en que se le tenía; estaban los cortesanos todos y las damas del 30 de junio; pero no rebosando alegría, sino con el corazón oprimido por la incertidumbre; que toda aquella gente menuda tan emprendedora para conspirar, temblaba al oír los tiros, como los niños cuando oyen truenos.

Cuando los milicianos de la Plaza mayor se convencieron de que habían triunfado, pues en los primeros momentos no lo creían, se entusiasmaron hasta el frenesí: los *vivas* a la Constitución, a Riego, a Ballesteros, a las libertades todas y a todos los pueblos soberanos sonaban sin interrupción, repetidos por la muchedumbre en inmenso alarido. De las vecinas casas salía en tropel a borbotones el hirviente vecindario, loco también de alegría, y todo el mundo se felicitaba, todo el mundo se abrazaba. Las patriotas, que eran género abundante en la calle mayor, salían cargadas de confituras, vino, pasteles y cantidad de regalitos para obsequiar a los héroes. ¡Interesante apoteosis popular que a los bravos soldados nacionales gustaba más que el pasar bajo soberbios arcos de triunfo, para recibir como único premio un laurel de trapo o la sonrisa de un Rey satisfecho!

Milicianos y pueblo, o mejor dicho, guerreros y gente inerme llenaban la vía pública, y todos chillaban, hombres, mujeres, chicos. No se podía dar un paso. Al sediento se le daba agua o vino, comida al que tenía hambre, y los heridos eran entrados en las casas. Los tres milicianos muertos en la Plaza tenían en derredor lastimoso coro de llantos e imprecaciones contra el despotismo. Cuarenta habían sido los heridos, entre ellos no pocos de bastante gravedad.

En cambio los guardias dejaron catorce muertos en las calles. De sus heridos no se tenía noticia.

Cuando se inició el movimiento hacia la plaza de Palacio, hubo gran confusión. Querían los jefes que se retirase el paisanaje; pero el mar y el gentío no suelen obedecer al que les manda quitarse de en medio. Allí era de ver la actividad, la diligencia afanosa con que don Primitivo Cordero quería abrir paso a una parte de su batallón.

—Señoras —dijo a unas buenas mujeres que en grupo inmóvil como una roca contribuía obstruir, con otras masas de hombres y chiquillos, la entrada de la calle de Milaneses—, hagan el favor de retirarse. Todavía no ha concluido esto... Atrás, atrás... A un lado todo el mundo.

Obediente en lo posible, la femenil pandilla se apretó contra sí misma, diciendo con parlero trinar de pájaros alborotados: —¡Viva la Milicia Nacional!

Un patriota exclamó:

—¡Viva don Primitivo Cordero!

—¡Gracias, gracias, mil gracias —dijo galantemente el héroe saludando a un lado y otro—. Pero apartarse, apartarse, señoras.

El sobrino de don Benigno pasó; pero un grupo le detuvo.

—¿Qué hay aquí? —preguntó observando que varias personas levantaban del suelo a una mujer.

—Nada —respondió un viejo—. Esta señora se ha desmayado.

La desmayada, puesta al fin en pie, abrió los ojos, miró a todos lados con estupor, apartándose con las manos el cabello que sobre la frente le caía pálida, y temblaba:

—¿El batallón Sagrado?... —dijo.

Don Primitivo seguía abriéndose paso. La multitud cambió de postura y moviose toda la gente de una parte a otra.

Entonces la desmayada desapareció.

Hacia la plaza de Oriente marchaban el ilustre Ballesteros, Riego, el general Copons, antiguo jefe político y hombre muy exaltado, el diputado Grases, ayudante de Ballesteros, el conde de Oñate, grande de España de primera clase, que tenía a mucha honra vestir el uniforme de la Milicia, el duque del Parque, el ex-guardia de Corps don José Trabeso y todas las celebridades de aquel día, excepto Morillo, que seguía en el Parque, Álava, que estaba en la plazuela de Santo Domingo, y el patriota don Vicente Beltrán de Lis que al frente de su partida guerreaba en las Vistillas de San Francisco.

Durante la marcha hacia Palacio oíanse tiros. Avivaron el paso los milicianos. Los caballos de los jefes descollaban sobre la apiñada multitud, como si nadaran en un mar de cabezas. No era posible asegurar si la principal parte de la tormenta de aquel día había pasado ya, o si faltaba aún, porque el nudo de Palacio no se había roto ni desatado, porque allí había dos batallones de rebeldes y en San Gil estaba el cuartel general de los leales, y las Caballerizas eran ocupadas por los guardias fieles a la Constitución. Inmensa curiosidad devoraba al pueblo de Madrid. ¿Qué haría el Rey? ¿Defenderíanse los dos batallones hasta el último extremo? ¿Capitularían? ¿Invadirían los milicianos el Palacio?

Crecía la agitación sin que disminuyera el entusiasmo. Las calles de Milaneses, Santiago y Cruzada hervían, y el impaciente ciudadano, ansioso de conocer el resultado de una contienda de que dependía su destino, pugnaba por acercarse todo lo posible. Aglomerándose la gente sin miedo al peligro, en aquel enorme tumulto de voces y gritos apenas se oía la débil voz que preguntaba:

—¿El batallón Sagrado?...

XXI

Tiempo es ya de encontrar al batallón Sagrado. Se había formado en los primeros días del mes, con oficiales de reemplazo y paisanos entusiastas que no pertenecían a la Milicia, y su jefe era San Miguel. En la madrugada del 7 estaba en la plazuela de Santo Domingo, y una avanzada suya fue la que rompió el fuego contra los guardias en la calle de la Luna. Cuando se formalizó el conflicto, al mismo tiempo que acudía Ballesteros a la Plaza mayor, presentose en la plazuela de Santo Domingo el general Álava, y a poco rato llegaron dos compañías del regimiento de infantería de Fernando VII, un escuadrón de Almansa y una pieza de artillería. Pero durante los imponentes ataques de Boteros y la Amargura, nada ocurrió allí digno de mención. Cuando el batallón Sagrado y las demás fuerzas mandadas por Álava entraron en acción resuelta, fue al iniciarse la retirada de los facciosos por la calle del Arenal hacia Palacio. Los leales les hicieron fuego por todas las calles que afluían a la plaza de Oriente, mientras los guardias de Palacio, para proteger la retirada de los suyos, avanzaron hasta los altos de la calle del Viento, desde donde favorablemente podían hacer mucho daño al paisanaje.

Este avanzó con resolución, a pesar de recibir tiros por todas partes, siendo los más certeros y molestos los que venían de las ventanas bajas del regio alcázar. Ruines lacayos y gente cobarde, de esa que se cría en lo más bajo de los palacios, ayudaban a defender el último baluarte del despotismo. Sin embargo, cuando avanzaron los patriotas, lograron desalojar de los altos de la Plaza al destacamento de rebeldes, las ventanas bajas se cerraron como las altas, y desde entonces la procesión empezó a andar por dentro. Viéronse pañuelos blancos agitados en los grupos de rebeldes que se reconcentraban en la plaza de la Armería o en la Puerta del príncipe, y cesó el fuego.

Un parlamentario apareció gritando en nombre del Rey: *Que cesen los fuegos, y que vaya a Palacio el general Morillo, pues peligra la vida de Su Majestad.*

Entonces fue cuando Ballesteros dio la famosa contestación: «*Diga usted al Rey que haga rendir las armas inmediatamente a los facciosos que le cercan, pues de lo contrario las bayonetas de los libres penetrarán persiguiéndoles hasta su Real cámara.*»

Hasta aquel instante todo se había llevado con acierto. Los milicianos habían hecho proezas; los generales se habían portado con dignidad y bizarría; el pueblo victorioso, mas no embrutecido por la matanza ni ebrio de sangre, se había detenido con respeto, quizás excesivo, ante la puerta sagrada del Palacio de sus Reyes, obedeciendo a una sola palabra de este; los soberbios guardias, insolentes como el absolutismo que defendían, sin respeto a nada ni a nadie, mordían el polvo, sojuzgados por el espíritu liberal y la conciencia pública, de quien fueron instrumento propicio las armas ciudadanas.

Todo fue bien hasta aquel instante; pero en el mismo punto la cuestión que ya podemos llamar del 7 de julio empezó a tomar antipático sesgo. Comenzaron los tratos para la capitulación, constituyose en la Casa-Panadería una Junta de hombres débiles, que no supieron tomar resolución alguna de provecho en el momento del peligro, y que ahora querían nada menos que declarar la incapacidad moral del Rey. Palacio envió ante la Junta sus más sagaces agentes, y discutiose si debían los guardias rendir las armas, cuando tan fácil era quitárselas.

—No es decible lo que se movió aquella gente desde la Casa-Panadería a Palacio, y qué número de cortesanos y oficiales entraron en danza, trayendo y llevando recados. Por último, la diplomacia dijo su última palabra, y se estipuló que los cuatro batallones que habían invadido la capital se rendirían a discreción; pero que los otros dos la conservarían, saliendo de la corte para Vicálvaro y Leganés. En uno de aquellos dos estaban los asesinos de Landáburu.

Cuando corrió la noticia de este convenio entre los patriotas, la mayor parte se dieron por satisfechos, y el pueblo en general llenose de alegría viendo asegurada la paz, sometida la rebelión y atajada la sangre que había empezado a correr en abundancia. En las largas horas que pasaron desde que se suspendieron las hostilidades hasta que se supo el resultado de las negociaciones, toda la gente armada, pueblo y tropa, ocupó sus puestos, atenta a los movimientos de los acorralados guardias, y cada vez se estrechaba y fortificaba más el círculo en que estaban metidos. En la plaza de Oriente, el batallón Sagrado y el regimiento del Infante don Carlos cortaban la comunicación con toda la parte de los Caños y la Encarnación. En los Consejos y en las calles del Factor y la Cruzada, los tres batallones de la Plaza mayor con algunas piezas presentaban un baluarte infranqueable al enemigo.

La suspensión de armas no podía ser más alegre. El pueblo, no pudiendo mezclarse con la Milicia y tropa, rigorosamente formada, se acercaba a ellas lo más posible, y con las últimas filas se juntaban apretadas falanges de mujeres, ancianos y gente de todas clases que, no contentos con estar cerca, asomaban el hocico por encima de los hombros y por entre las bayonetas de los soldados. Todos pedían noticia, todos querían saber hasta los menores detalles de los desaforados combates de aquel día; preguntaban estos por el hermano o por el padre, y algunos viéndole desde lejos en apartada fila, saludábanles con pañuelos. El pueblo llamaba a los suyos, pronunciando los más cariñosos nombres, y desde las compañías respondían voces festivas con la alegría de la salud y del triunfo.

Pero también molestaba en algunas partes la muchedumbre curiosa. En el batallón Sagrado un individuo empujó hacia atrás un racimo de mujeres que parecían querer subir sobre sus hombros. En el mismo instante se sintió fuertemente asido del brazo; oyó una voz. ¡Oh sorpresa de las sorpresas!

—¿Solilla, tú aquí?... ¿pero eres tú?... —exclamó con júbilo, apartando a otras personas para que la joven estuviera cómodamente a su lado.

—Desde la madrugada te estoy buscando, hermano. ¡Gracias a Dios que al fin ha querido que te encuentre! —dijo Soledad con inmensa alegría.

Sonriendo de placer, parecía que la demacración y palidez de su rostro se disipaban por un instante como las oscuridades de un cielo que de súbito ilumina el Sol. Mas era demasiado grande el desorden de su persona y la alteración de su semblante, por el cual habían pasado aquel día más lágrimas que balas por el ámbito de la calle mayor, para que un pasajero regocijo los disipase.

—A ti te pasa algo, ¿qué tienes? —preguntó Monsalud, poniéndole la mano izquierda en el hombro, mientras con la derecha sostenía el fusil.

—Me pasan cosas terribles... —repuso ella con angustioso acento—. Por eso te estoy buscando estoy desde las dos de la madrugada... Mi padre se muere.

Salvador no contestó nada, realmente porque no sabía qué contestar.

—Se muere —añadió Sola—, y necesito de tu ayuda por muchos motivos y para muchas cosas.

—¡Pobrecilla!... Esto se acabará pronto. Romperemos filas y estaré a tus órdenes. Yo estoy aquí por complacer al duque que se empeñó en que viniera; pero esto no ha de durar mucho más.

—¿Pero no se ha concluido todavía?... ¡Qué fuego! ¡Cuántos tiros, cuántas muertes! Me acordaré mientras viva, si vivo, de lo que he visto hoy. Yo salí a buscarte, fui a la calle mayor, y sin saber cómo me vi cercada por todos lados. No podía salir de allí, ni volver a mi casa, donde había dejado en la situación más triste a mi pobre padre... Pude al fin guarecerme en un portal con otras mujeres durante el tiempo de los muchos, de los muchísimos tiros. Después salí. Gritaban porque habían triunfado... perdí el conocimiento... Yo seguí buscándote y al fin supe que estabas aquí... pero no pude verte. Volvieron a sonar los tiros y tuve que huir... Entonces fui a mi casa, he acompañado a mi padre parte de la mañana, y después he salido otra vez en busca tuya, porque necesito de ti, como ya te he dicho, por muchas razones.

—Lo supongo. Pronto me tendrás a tu lado —dijo Salvador con lástima—. Y qué sabes de Anatolio, ¿le ha pasado algo?

—No sé nada. Desde el día 30 no hemos tenido noticias suyas.

—¡Qué desgracia!

—¿Y tú, estás herido? ¿Te ha pasado algo?

—Nada absolutamente. Esto ha sido un juego. Sin embargo, he disparado algunos tiros.

—Yo he oído más de un millón, puedes creerlo, más de un millón... ¿Pero no puedes salir de aquí todavía? ¿A tu madre no le ha pasado nada en aquella casa tan próxima al fuego?

—Esta madrugada en un momento que tuve libre la saqué de allí, llevándola a la casa que el duque del Parque tiene en el Prado Viejo.

—Yo había perdido la esperanza de encontrarte, de verte más —dijo Soledad asiendo más fuertemente el brazo de su hermano, como si temiera que se le escapara después de tantas fatigas para hallarle—. ¡Qué momentos he pasado!... Mi padre moribundo... temiendo a cada instante que le vayan a prender...

—¡A prenderle otra vez!

—Sí, el señor Naranjo ha huido. ¡Qué desastre! uno tras otro... Ya te contaré con más calma.

—No temas nada, pobrecilla. No le prenderán; te respondo de ello.

—Tus palabras me consuelan. Parece que todo ha cambiado desde que te he visto —dijo Soledad con emoción más viva—, parece que ya no son tan grandes las calamidades de mi casa, y más fácil encontrar un remedio a todo, hasta a la enfermedad de mi padre.

—Para todo lo habrá —afirmó Monsalud con impaciencia—. Ahora falta que esto se acabe pronto.

—¡Oh! y si no se acaba, ¿no podrás dejar el fusil a un compañero, diciéndole que vuelves pronto?

Salvador se echó a reír.

—No te impacientes. Está ya convenido que los guardias rindan las armas, y de un momento a otro las han de entregar ahí junto, en la plaza de la Armería. ¿Ves cómo se mueve la Milicia que está hacia el arco? Pues es que va a presenciar el acto de la rendición.

No había concluido de decirlo cuando se oyó el estruendo de una descarga. ¡Extraordinaria alarma en el pueblo que llenaba la plaza! El batallón Sagrado se estremeció todo de un punto a otro. Disponíanse las fuerzas a un nuevo combate, cuando corrió esta voz:

—Los guardias han hecho una descarga a la Milicia que iba a presenciar la rendición.

Y después esta otra:

—Se escapan por la escalera de piedra que baja al Campo del Moro.

Y luego no se oyó más que esto:

—¡Huyen, huyen a la desbandada!

—Se van —dijo con alegría Solita, que se había visto obligada a separarse de su amigo—. Mejor: así se acabará más pronto.

Inmediatamente oyéronse las voces de mando. Toda la gente armada se puso en movimiento para perseguir a los fugitivos. Ballesteros y Palarea bajaron por la calle de Segovia. Copons bajó por la Cuesta de San Vicente con la caballería de Almansa. Morillo con los guardias leales y el regimiento del Infante don Carlos marchó hacia Palacio, con objeto sin duda de seguir a los fugitivos por donde mismo habían salido. Todo cambió. Nuevas tropas invadieron la plaza de Oriente, y Solita vio con desconsuelo que su hermano desaparecía en el inmenso y alborotado mar de cabezas.

Después ocurrió un acontecimiento singular. Cuando Morillo pasaba por delante de Palacio, un hombre se asomó a un balcón, y señalando los grupos de guardias que allá abajo entre la verdura del Parque corrían azorados, gritó con voz clara que se oyó claramente desde la plaza:

—¡A ellos, a ellos!

Era *Tigrekan*.

XXII

En la noche de aquel día, todo estaba en sosiego, y la plenitud del triunfo aseguraba a los milicianos y a la tropa largo y reparador descanso. La mayor parte, seguros de que los guardias dispersos no habían de volver, no pensaba ya más que en los preparativos para el *Te Deum* que debía cantarse al siguiente día en la Plaza mayor.

Solita salió de su casa por tercera vez, al fin con fortuna, porque cerca de anochecido pudo encontrar ya libre de servicio a su protector y amigo, el cual la siguió con vivos deseos de servirla.

Entraron en la casa. Ni uno ni otro hablaban nada. Al llegar arriba, Monsalud dijo:

—¿Has mandado buscar un médico?

—Ha venido esta tarde y ha dado pocas esperanzas.

—¿Recetó algo?

—Que siguiera en la cama; que no le molestáramos con medicinas; que se le dejara tranquilo. Eso quiere decir que la ciencia es inútil... Si al menos pudiera pasar en calma sus últimas horas... Pero acabadas las batallas vendrán a prenderle, porque esa gente de la policía no se olvida de su oficio. Serán tan malos, que le llevarán en una camilla a la cárcel... Estando tú aquí, ¿no lo podrás impedirlo?

Salvador no respondía. Penetraron en la salita que precedía a la alcoba del enfermo, y apareció entonces doña Rosa, con aquella cara de Pascua y aquella bendita sonrisa que conservaba aun en los momentos de mayor apuro. Soledad entró a ver a su padre, acercándose al lecho muy despacito para no hacer ruido, y al poco rato salió:

—¿Ha venido alguien? —preguntó a la vieja.

—Sí, hija mía, hemos tenido visita: hace un momento acaba de salir.

—¿Quién?

—Una señora —dijo en voz baja doña Rosa, haciendo extraordinarios aspavientos con las flacas manos—. Una señora muy linda.

Salvador y Soledad prestaron gran atención.

—¿Y qué buscaba?

—Venía muy sofocada... Preguntó por el señor Naranjo. Cuando le dije que se había marchado no lo quería creer. ¡Qué afán traía la señora!... Pues nada; empeñábase en que el señor Naranjo estaba escondido por miedo a los tiros... «Entre usted, señora, y registre la casa toda» le dije... Virgen Madre, ¡qué entrecejo ponía! Estaba furiosa la madama, y cuando se convenció de que había sido chasqueada, daba unas patadidas en el suelo...

—¿Y no dijo más? —preguntó Monsalud con muy vivo interés.

—Me preguntó que dónde tenía sus papeles el señor Naranjo... ¡Yo qué demonches sé!... Ya me iba amostazando la tal señora... También hablaba sola, y decía como los cómicos en el teatro: «¡Cobardes, traidores!»

—¿Era hermosa? —preguntó Sola.

—Como el Sol.

—¿Y rubia? —preguntó Salvador.

—Rubia, con unos ojos de cielo, como los míos ¡ay! cuando tenía quince años.

—¿Y vino sola?

—Subió sola; pero me parece que abajo la esperaban dos hombres... ¡Ah! ya me acuerdo de otra cosa. Me preguntó por don Víctor, si había venido don Víctor... ¡Yo qué diantre sé de don Víctor! Creo que es aquel clerigón gordo... Después de marearme bastante, registró todo lo que había en el cuarto del señor Naranjo; pero no debió de encontrar lo que buscaba, porque seguía dando patatitas y diciendo entre dientes: «¡Ese cobarde nos va a comprometer!»

—¿Y no entró aquí?

—También entró y vio al enfermo; pero no tenía trazas de interesarse por él —dijo doña Rosa—. Yo no me pude contener al fin, porque mi genio es muy quisquilloso, y le dije: «Señora, hágame usted el favor de no ser tan entrometida y márchese de aquí, que no nos hacen falta visitas.»

—¡Bien dicho! —afirmó Soledad—. Yo la hubiera puesto en la calle desde que llegó.

—¿No dijo su nombre? —preguntó Monsalud.

—¿Qué había de decir?

—¿Sospechas tú quién puede ser? —preguntó Soledad a su hermano.

—No —repuso este secamente, mirando al suelo.

Doña Rosa, observando la familiaridad con que ambos jóvenes se trataban, no volvía de su asombro, pues no conocía pariente ni deudo alguno de los Gil de la Cuadra, ni jamás vio entrar en la casa al hombre en aquellos instantes presente.

—Este caballero —dijo con sorna—, será médico o cirujano.

Ni Monsalud ni Sola le respondieron. Ambos tenían el pensamiento en otra parte, quizás en una misma parte los dos.

—¿Y qué se dice por ahí? —preguntó la vieja—. ¿Es cierto que los guardias han sido acuchillados en el camino de Alcorcón, y que no queda uno para un remedio?

Tampoco recibió contestación.

—Pues la de hoy ha sido estupenda —continuó, resuelta a sostener el diálogo consigo misma—. Parece que han muerto más de trescientos hombres. Algunos guardias en su fuga parece que de un salto se han puesto en Arganda... ¿Es cierto que les cogieron la bandera coronela? El Señor nos tenga de su mano... ¿Pero este caballero, no entra a ver al enfermo? Yo creo que si se le diera una sopa de vino... porque esto no es más que debilidad, debilidad pura.

Monsalud miraba al suelo como si estuviera leyendo en él un escrito de suma importancia. Indiferente a todo, menos a un solo pensamiento, alzó por fin los ojos, y poniéndolos en el acartonado semblante de la anciana, habló así:

—¿Cuánto tiempo hace que salió?

—¿Quién?

—Esa señora.

—¡Ah! Ya no me acordaba de ella. Hará poco más de media hora que salió.

El joven se levantó maquinalmente.

—¿Te vas? —le preguntó Soledad fijando en él sus ojos llenos de lágrimas.

—No... No me voy —repuso Salvador volviendo en sí—... Me he levantado no sé por qué... pero ya ves, me vuelvo a sentar.

Así lo hizo. En el mismo momento dejose oír la voz de don Urbano que gritaba:

—¡Anatolio, Anatolio!

Soledad corrió a la alcoba.

—Ha llegado, ha llegado ya —exclamó el anciano con voz a que daba fuerza y claridad el delirio—. ¡Ven acá, ven a mis brazos, querido hijo!

Solita procuró tranquilizarle; pero en vano. Gil de la Cuadra sacudía las ropas de su lecho, se incorporaba, extendía los descarnados brazos buscando una sombra.

—¿Por qué no traes luz? —dijo pasándose las manos por los ojos.

En el mismo instante doña Rosa entraba en la alcoba con la lámpara.

—¡Luz, más luz! —repitió el anciano—. No veo nada.

—¿No la ve usted?... Es que duerme. Mejor; a dormir, padre, que es muy tarde.

—Te digo que no veo nada —prosiguió Gil de la Cuadra, revolviendo los sanguinosos globos de sus ojos y palpando con las flacas manos en el aire—

... ¡Ah! sí, ya veo algo; pero sombras, unos negros bultos que van y vienen. ¿No está ahí Anatolio?

Soledad vaciló un momento en contestar. En el mismo momento Salvador penetró en la habitación, situándose a los pies de la cama.

—Anatolio, querido Anatolio —gimió el viejo llorando—, ya te veo... Eres tú. ¡Cuánto, cuánto has tardado, hijo de mi corazón!

Como si estas palabras agotaran en un segundo todas las fuerzas de su cuerpo y de su espíritu, cayó hacia atrás, extendiendo los brazos, cual masas inertes, sobre el lecho. Continuaba con los ojos abiertos, y entre dientes murmuraba algo que no pudo ser oído. Atentos todos a su agonía, apenas respiraban.

Gil de la Cuadra pronunció con voz entera estas palabras:

—¡Gracias a Dios que estáis casados! Hija mía, abraza a tu esposo.

Salvador hizo, mirando a su hermana, un gesto que quería decir: —Consintamos en un engaño, que hará feliz su última hora.

—Anatolio, hijo mío —añadió el enfermo con voz más débil—, abraza a tu esposa.

Soledad y Monsalud se abrazaron.

—Más fuerte, abrázala más fuerte, con la efusión de un verdadero cariño.

Salvador, ante tan extraña escena, sentía su corazón traspasado por el dolor. Avivose en él, tomando mayor fuerza, el gran cariño fraternal que a la infeliz muchacha profesaba, y la estrechó entre sus brazos, viendo en ella, más que una mujer, un débil y hermoso niño desvalido. Su pecho se humedecía con el raudal de las lágrimas de ella, y oprimiéndole dulcemente la cabeza, le dio cariñosos besos en la frente y en el pelo.

—Así, así, así —murmuró Gil oyendo el rumor de los besos.

Después se aletargó un instante.

Monsalud, sintiéndose menos fuerte que su emoción, salió de la alcoba con los ojos húmedos.

—Dejémosle reposar ahora —dijo en voz alta.

Aquellas palabras llegaron a los oídos del enfermo, que sacudiéndose vivamente abrió los ojos y alzó la cabeza.

—¿Qué voz es esa?... —exclamó con sobresalto y azoradamente—. Sola, Anatolio... yo he oído una voz...

—No hay nadie... ¡Padre, por Dios!... —gritó Soledad abrazándole.

Pero más furioso Gil pugnaba por incorporarse, gritando:

—¡Anatolio, mátale, mátale!

—¿A quién?... ¡Padre, por Dios, no se debe matar a nadie!

—He oído su voz... Está aquí.

Soledad sintió en su mente una inspiración divina. Arrodillada junto al lecho, tomó las manos del viejo, y estrechándolas con fuerza convulsiva, exclamó así:

—Padre, perdónale.

Gil de la Cuadra movió la cabeza a un lado y otro. Después dijo con voz ronca:

—No, no.

Hubo otra pausa. El mismo enfermo, cuyo febril espíritu luchaba con la miserable carne que lo expelía sacudiéndose, fue quien rompió de nuevo el silencio. Su voz denotaba ahora serenidad y gozo al decir:

—¡He delirado, hija mía!... Sin duda tengo calentura. ¡Pero qué cosa tan rara! Ahora no veo nada, absolutamente nada. Me figuraba oír una voz... ¿En dónde está Anatolio, mi querido hijo y tu esposo?

Salvador volvió a entrar. Gil de la Cuadra, por la dirección de sus ojos, demostraba no ver nada.

—Hija, hijo... ¿dónde estáis? —continuó el anciano, mezclando con las palabras blandos quejidos—. Siento una cosa extraña en el corazón... No es dolor, no es punzada... Es una cosa que se va, que se desvanece... ¡ay! adiós. Abrazadme los dos.

Soledad le abrazó por un lado del lecho. Salvador por el otro.

—¡Ah! ¡qué feliz soy! —murmuró Gil—. Estáis unidos para siempre; sois marido y mujer. ¡Bendito sea Dios!... Muero contento... Sois dichosos. Abrazadme más fuerte, pero más fuerte... Bendito sea Dios.

Salvador sintió que el cuerpo que tenía entre sus brazos perdía su elasticidad y pesaba, pesaba cada vez más. Dilatáronse las extremidades y la cabeza cayó hacia atrás, como si la guillotina la separase del tronco. Cesó la respiración, como un reloj que se para, y al semblante del anciano infeliz, sustituyó una máscara tranquila e imponente, y a la expresión de dolor, una gravedad ceñuda, detrás de la cual, donde antes moraba el pensamiento, no había ya nada, absolutamente nada. Al observar esto trató de apartar de allí a su pobre hermana que era ya huérfana.

XXIII

Serían las diez cuando sonaron golpes en la puerta de la casa, semejantes a los que turbaron su reposo una noche del mes de febrero de 1821. Monsalud, separándose de Soledad, a quien había colocado en las habitaciones de Naranjo, salió a abrir. En el marco de la puerta, a la luz de una linterna que ellos mismos traían, destacáronse varios hombres que terminaban por lo alto en morriones y bayonetas. Al frente de ellos venía don Patricio Sarmiento desplegando en toda su longitud el escueto cuerpo, y radiante de orgullo.

—Con permiso —dijo entrando—. ¡Ah! está aquí el señor don Salvador. ¿Es que se nos ha anticipado para sorprender a la pillería?

—¿Qué buscan ustedes aquí —preguntó Monsalud de muy mal talante?

Sarmiento sacó un papel y acercando la linterna leyó:

«El Excmo. Ayuntamiento... Etc... Hace saber: Que muchos guardias han quedado ocultos en las casas o quizás estos miserables han hallado un asilo compasivo en la generosidad de los mismos a quienes venían a asesinar...» En resumidas cuentas, señor Monsalud, ya conoce usted el bando de hoy. Muchos esclavos se han escondido en las casas, y nosotros venimos a ver si está aquí el alférez de guardias don Anatolio Gordón... En cuanto al señor Naranjo y al señor Gil también tenemos orden de llevárnoslos, chilindrón, porque hoy se ha acabado el imperio de la canalla, y ya se puede decir a boca llena, para que tiemble el infierno: *¡Viva la Constitución!*

Don Patricio lo dijo con toda la fuerza de sus pulmones, y repitiéronlo del mismo modo sus compañeros.

—Silencio, animales —dijo Salvador—. Hay un muerto en la casa.

—Sí, sí —gruñó Sarmiento con la risa estúpida del hombre ebrio—. Tal es su sistema. El despotismo conspira para asesinarnos; pero cuando se ve cogido y vencido, se hace el muerto. Lo mismo pasa allí.

—¿En dónde?

—En la casa grande. ¿Conque un muerto?

—Sí, el señor Gil de la Cuadra ha fallecido.

—¿Y Naranjo? —preguntó Sarmiento con vivísimo interés—. ¿Ha espichado también?

—Ha huido.

—A mí con esas... Registraremos la casa. Si tropezáramos con don Víctor Sáez o con otro pajarraco gordo, ¡qué gloria, muchachos, qué gloria para nosotros!

Pero sus pesquisas no les dieron la satisfacción de prender a nadie, y cuando el bravo don Patricio salía iba diciendo:

—Bien muerto está; ¡por vida de la chilindraina! A fe que no se ha perdido nada... Vámonos de aquí que esto da tristeza, y hoy es día de felicidad... *¡Viva la...!*

Salvador le tapó la boca, y empujándole violentamente le echó fuera de la casa. Los demás habían salido antes.

XXIV

Dos días después, el 9 de julio, Salvador, cumplidos los últimos deberes con el desgraciado don Urbano, llevose a Solita a su casa. Desde aquel día, su hermana era más hermana, y debía quererla y protegerla más.

—Ahora —le dijo cuando entraron ambos en un coche de plaza—, no te faltará nada. Estarás en mi casa tranquilamente con mi madre hasta que se presente tu primo, que casi es ya tu marido. Seguramente ha salido con los guardias fugitivos, y si no viene enseguida, tendremos noticias de él.

—¿Han huido muy lejos? —preguntó Soledad con tristeza.

—Muy lejos. Han muerto pocos, por más que digan, para abultar la importancia de las refriegas de ayer. Creo que puedes estar tranquila. He oído los nombres de casi todos los que han parecido, y nada se dice de tu marido.

—No lo es todavía —dijo Soledad dando un suspiro.

—Pero lo será. Al fin llegará tu hora de felicidad. ¡Por Dios, que la has ganado bien! Aunque deseo, hermana querida, que Anatolio venga y te recoja y se case contigo, me agradaría que estuvieras algunos días en mi casa con mi madre, que tanto te quiere.

—¿Y si mi primo no parece? ¿Y si ha muerto? —preguntó la huérfana mirando a su hermano.

—No pienses eso... Pero en caso de que pasara tal desgracia, vivirás con nosotros como si fueras de la familia. No te faltará nada, descuida. Apuesto a que tú misma llegarás a creer que has nacido en mi casa. Y no seas tonta; tampoco te faltará a su tiempo una buena posición. Tienes mucho mérito, y no es dudoso que encontraríamos un hombre honrado con quien casarte.

Soledad al oír esto no hizo más preguntas, y miró con ojos aparentemente distraídos a la gente que al paso lento del coche se veía por ambas porte-zuelas.

Salvador había trasladado a su madre a una casa que el duque del Parque poseía en el Prado Viejo y cuyas largas tapias ocupaban parte de la vasta manzana comprendida entre las calles del gobernador y de Atocha. Era más que palacio un conjunto de edificios de distinta edad y construcción, unidos por dentro, y en los cuales la parte habitable era muy pequeña, si bien embellecida y alegrada por una frondosa huerta, algunos de cuyos pinos corpulentos viven todavía, y parece que saludan a sus honrados vecinos los del Botánico. Allí condujo Monsalud a Solita.

—Al fin —dijo cuando entraron en el ancho patio—, me encuentro en un sitio donde podré olvidar el ruido de los tiros de fusil y de los cañonazos. ¡Qué silencio! ¡Qué hermosos pinos! Allí hay un establo. Aquí veo dos ovejas atadas junto a la yerba... Vamos ¿también palomas?... ¡Qué precioso es este emparrado! ¡Y cómo está de uvas!... Por allí hay otra puerta y más arriba la noria. Pues no estará poco cansado ese pobre animal dando vueltas todo el día... Y no faltan melocotoneros; vaya, que tendrán mucha fruta... ¡Qué perro tan bonito!... ¿Sabes que de aquí se ve mucho cielo, pero muchísimo?... ¿Y eso que está delante es el Jardín Botánico? Buena finca.

De esta manera expresaba el placentero alivio de su alma, al verse tras-portada a mansión tan encantadora; pero el recuerdo del pobre viejo, y el considerar lo mucho que a este hubiera gustado vivir allí, la arrojaban de nuevo en las negras honduras de su aflicción. Doña Fermina salió a recibirla, y el día pasó tranquilo aunque muy triste.

Salvador salió, deseando averiguar la suerte del perdido esposo futuro de su amiga; pero esto era cosa harto difícil todavía. Los ocultos en Madrid no saldrían fácilmente de sus madrigueras, y los dispersos estaban demasiado lejos. Se sabía, sí, que la caballería de Almansa y la Milicia habían cogido muchos prisioneros en los alrededores de Madrid; que Palarea, persiguiéndoles con ochenta caballos, había echado el guante a trescientos cincuenta y seis; que Copons había hecho también buena presa y matado a algunos. En los días sucesivos se tuvo noticia de los detenidos en Húmera y en el Escorial, y de los que fueron a dar con sus fatigados cuerpos en Tarancón y Ocaña; pero ni entre los prisioneros ni entre los muertos se tuvo noticia de ningún Anatolio Gordón.

—Esta falta de noticias —dijo Monsalud a Soledad, algunos días después del 9—, me hace creer que vive. Debe de ser de los que están escondidos en los pueblos, o de los que han ido a unirse a las facciones del Norte.

—¿En ese caso no podrá volver a Madrid? —preguntó la huérfana con viveza.

—Sí, podrá volver dentro de poco. Aquí se perdona pronto, y todo se olvida. No te apures.

Soledad no demostraba en verdad grande apuro porque su primo volviese; pero interesada por la vida del excelente joven, dijo así:

—El pobrecillo es tan bueno, que Dios no le habrá dejado morir. Por Dios, hermano, no te descuides en averiguar si vive, y si en caso de vivir necesita algún socorro.

Continuando sus diligencias, Salvador fue una mañana a la Casa-Panadería, donde su buen amigo don Primitivo Cordero había formado, con no menos trabajo que fruición, listas de los guardias prisioneros y heridos que se iban recogiendo.

—¿Don Anatolio Gordón? —dijo el patriota mirando al techo—. Ese nombre no me es desconocido. Yo lo he oído, lo he oído estos días. Siéntese el amigo Monsalud, mientras hago memoria y registro estos apuntes... Pues no hay nada; sin duda confundo ese nombre con otros. ¿Era alférez?

—Alférez de guardias en el tercer batallón.

—Los del tercero están casi todos muy lejos de aquí. Veremos si mañana se sabe algo. ¿Qué le pareció, amiguito, nuestro famoso *Te Deum* en la Plaza? ¿Hase visto fiesta más solemne en lo que va de siglo?

—En verdad que estuvo magnífica... pero si me hiciera usted el favor de preguntar a los dos ayudantes de Palarea que están arriba... Ellos quizá sepan...

—¿El paradero de su amigo de usted?

—De Gordón.

—¡Oh! descuide usted, yo lo averiguaré. Esta tarde tengo que ir al Ayuntamiento, después al Ministerio de la Guerra. Quizás allí lo sepan.

—En el Ministerio de la Guerra no saben nada. La Milicia, que es quien ha hecho las visitas domiciliarias, lo sabrá seguramente.

—Ahora me informaré... pues mire usted, amigo Monsalud, pensamos celebrar otra fiesta mucho más solemne, mucho más grande, mucho más importante que el *Te Deum* de la Plaza mayor. Se hablará de esa fiesta mientras haya lenguas en el mundo.

—¡Oh! sin duda será soberbia esa solemnidad. Pero...

—Figúrese usted... —añadió asiendo las solapas de la levita de su amigo—, que se trata de un banquete.

—¡Ah! ya... Eso podrá ser magnífico, señor Cordero; pero no es nuevo.

—Un banquete en celebración del triunfo del pueblo sensato sobre el absolutismo. Ha de haber nueve mil cubiertos para otras tantas bocas. ¿Qué tal?

—Es un mediano número de bocas, mayormente si todas tienen buen apetito.

—Me han nombrado de la comisión —dijo Cordero echando hacia atrás el morrión en la redonda cabeza—, y he propuesto, después de estudiar detenidamente el asunto: 1.º, que el banquete no sea comida, sino almuerzo; 2.º, que se celebre en el espacioso Salón del Prado; 3.º, que se pongan dos mil ciento diez varas de mesa, porque yo he hecho mis cálculos y es imposible que los nueve mil cubiertos quepan en menos espacio. ¿No lo cree usted así?

—Si usted ha hecho los cálculos, ¿a qué me he de quebrar yo la cabeza?

—Dos mil ciento y diez varas de mesa que se construirán en trozos formando setecientas cincuenta mesas de a doce cubiertos; 4.º, que el almuerzo sea frugal, porque no nos reunimos para sacar el vientre de mal año, sino para fraternizar y hacer memoria de nuestro gran triunfo; 5.º, que cada convidado pagará treinta reales adelantados, cuyo recibo servirá de papeleta para...

—Si usted tuviera la bondad de informarse... —dijo Salvador con impaciencia interrumpiéndole—. ¡Es para mí tan urgente averiguar algo de ese joven!...

—¡Cosa sencillísima!... ¡Ah! ¡si pudiera yo entrar en la jefatura política, como en tiempo de San Martín!... Ya sabe usted que ha huido el pobre señor *Tintín*, porque los exaltados parece que trataban de asesinarle. Esta peste de patriotas matones perderán la libertad en España. ¿No cree usted lo mismo?... Pero si en la jefatura política no puedo hacer nada... Veremos los partes de las visitas domiciliarias.

—Es lo mejor.

—A ver —gritó don Primitivo llamando a un ordenanza—. ¿Está el señor Calleja?

—¿Es el barbero de la carrera de San Jerónimo? —preguntó Salvador.

—El mismo... pero ahora recuerdo... ¡Qué cabeza la mía! Ya se ve; con tantas cosas en que pensar...

—¿Qué?

—Calleja ya no viene por aquí. El nuevo Ministerio le ha dado un puesto en Gobernación. ¿Le parece a usted bien cómo empieza el Ministerio exaltado? ¡Ah! señor San Miguel, señor San Miguel, usted acabará de perder el Sistema.

—Es una lástima que el señor Calleja... —dijo Monsalud contrariado—. ¿Conque está en Gobernación? Ahora sabremos quién es Calleja. Aquí no faltará quien me dé noticias.

—¿Por qué no sube usted? Se me figura que aún estará arriba mi tío.

—¿El señor don Benigno? ¡Qué hallazgo! —dijo Monsalud con alegría corriendo a la escalera.

Sumamente disgustado de su conferencia con Cordero menor, buscaba a toda prisa quien con más diligencia y buena voluntad diese los informes apetecidos. Halló efectivamente en el piso alto a don Benigno Cordero, medianamente lleno de vendas y parches a causa de sus gloriosísimas heridas; pero siempre afable y sonriente, como hombre a quien no perturban achaques ni deterioros del miserable cuerpo. Despachaba con otros jefes de la Milicia asuntos propios de la Institución, y entre párrafo y párrafo sobre los asuntos del día, trazaba con segura y gallarda letra algunos renglones en papel de oficio.

—Bien venido, amigo mío —dijo dando la mano al visitante.

Salvador le preguntó con mucho interés por su salud, por el estado de sus heridas y verdadera importancia de cada una de ellas.

—Esto no es nada, caballero Monsalud —dijo don Benigno poniéndose las gafas a la altura que les correspondía—. No merece la pena preguntar por ello. ¿Y usted? Ya, ya sé lo que le trae aquí. Ayer me lo dijeron: busca usted a un alférez de guardias que se ha evaporado.

—Efectivamente —repuso el joven, gozoso de ver que el señor comandante se adelantaba a sus investigaciones—, creo que si aquí no me dan noticias...

—Descuide usted... pero da la maldita casualidad de que el Gobierno ha pedido ayer todos los datos. Sin embargo, se conservan algunos apuntes de las visitas domiciliarias.

—Veámoslos, si le parece a usted.

—Por cierto —dijo don Benigno—, que no comprendo este afán del Gobierno de meterse en todo. ¡Ah, señores exaltados, ahora queremos ver qué tal lo hacéis! Una cosa es gritar en los clubs o en las logias y otra cosa es gobernar en las poltronas.

—Tiene usted razón. De modo que...

—Vamos, dígame usted su parecer, ¿qué piensa usted de este Gobierno? —preguntó don Benigno arrellanándose en el sillón, y rascándose la oreja con la pluma.

—Yo no he tenido tiempo aún de pensar en el Ministerio. Será como todos, será bueno si le dejan gobernar. ¿No cree usted lo mismo?

—Y yo digo que esta es la ocasión de que veamos si se cumple lo prometido. Temo mucho que esos señores hagan alguna barbaridad, porque todos ellos son gente inexperta y ligera de cascos. Tenemos de ministro de Estado a un literato, y esto... Francamente.

—¡San Miguel literato!

—¿No compuso la letra del himno de Riego?... Francamente desconfío de los literatos. Tenemos de ministro de la Guerra a López Baños, que ayer era capitán, y de ministro de Marina al célebre Capaz, que se dejó tomar los barcos con cargas de caballería. Tenemos en Ultramar a un señor Vadillo, comerciante de ultramarinos en Cádiz, y de Hacienda a un tal Egea... Y yo pregunto, ¿quién es Egea?

—Eso mismo digo yo, ¿quién es Egea?

—Si al menos estos señores, a falta de grandes dotes, tuvieran templanza...

—Es claro, si tuvieran templanza... Pero no se olvide usted, mi querido don Benigno, de averiguar...

—¡Ah! ¿ese joven alférez? Es muy fácil... Ya sabe usted que Su Majestad ha desterrado a toda la cuadrilla de palaciegos que le tenían engañado y *seducido*.

—Así parece; mas...

—El marqués de Castelar ha sido desterrado a Cartagena, el de Casa-Sarriá a Valencia, y los duques de Montemar y Castro-Terreño, no sé a dónde... Esos tienen la culpa de todo, esos, esos... Cuatro o cinco aristó-cratas inflados, que beberían la sangre del pueblo si les dejaran. Pónganse en un puño a media docena de hombres pérfidos y verán cómo se arregla todo y echa raíces el Sistema por los siglos de los siglos.

—Seguramente... Si usted me lo permite...

—Porque Su Majestad —prosiguió Cordero encariñado con su idea como un niño con un juguete—, no es malo. Yo creo que dijo de buena fe aquello de *marchemos, y yo el primero*; pero ya se ve... ¡hay tanto pillo, tanto servilón empedernido! Yo no sé por qué esos hombres no han de amar la libertad, una cosa tan clara, tan patente, tan obvia. ¡Ah! si todos fueran razonables, templados, tolerantes, esto sería una balsa de aceite, ¿no es verdad?

—Lo sería, sí, señor. ¡Qué lástima que no lo sea! Me retiro, señor don Benigno, tengo mucho que hacer...

—¿Sin llevar las noticias que desea? Aguarde usted, por Dios —dijo don Benigno deteniéndole—. Es cuestión de un momento. ¿Ese joven era alférez? ¿Fue de los que huyeron o de los que se escondieron en las embajadas y en las casas?

—Eso es lo que trato de averiguar.

—Muy bien. ¿Sabe usted si se batió bien? ¡Qué lástima de muchachos! Perderse por una causa tan mala. Dicen que Su Majestad les incitaba a degollarnos. Yo no lo creo. No hay quien me quite de la cabeza que Fernando no es malo, no, señor; que desea nuestro bien; que no es enemigo del Sistema... pero ya se ve, con la multitud de pillos que le rodean... Sé que ha lamentado los sucesos del día 7. Usted tendrá noticia de su famosa entrevista con el general Riego.

—¿De mi entrevista con el general Riego? —dijo Monsalud abrumado por la pesadez del señor comandante.

—Hombre no, de la entrevista de Su Majestad con el general don Rafael del Riego.

—Algo he oído, sí; pero... Si usted me hiciera el favor...

—Pues el mismo general me lo ha contado anoche. Es verdaderamente patético el caso. El Rey le llamó, y delante de todo el Cuerpo diplomático, le dio un abrazo apretadísimo, diciéndole que le apreciaba mucho.

—Por muchos años.

—Si llego a estar presente, de fijo se me saltan las lágrimas —añadió Cordero—. He aquí una reconciliación en que yo vengo pensando hace tiempo, sí señor, y si fuera sincera y durara mucho, ¿quién duda que los pérfidos serían aniquilados y confundidos? Su Majestad mismo se lo manifestó así al general: «*En mi corazón*, —le dijo— *no tendrán ya entrada los consejos de hombres pérfidos.*» Sí es mi tema. Los pérfidos, los pérfidos tienen la culpa de todo. Tres o cuatro pillos, ambiciosos...

—¡Todo sea por Dios!

—Le digo a usted que el general Riego salió de Palacio entusiasmado, pero muy entusiasmado. Había que oírle. Su Majestad se le quejó de los insultos, del *trágala*... Es natural. Siempre me ha parecido una vileza mortificar al Soberano con groserías. Riego piensa lo mismo. Ya sabe usted que ayer cuando formamos en la Plaza, el general nos arengó, después de haber regalado aquí mismo una medalla al Excelentísimo Ayuntamiento. Pues nos dijo muy bellas cosas, ¡vaya!... Nos dijo que deseaba no se cantase más el *trágala*, y que habiendo empeñado su palabra en nombre de todos, rogaba al pueblo que no la quebrantase por su parte. Ese, ese es el camino. También suplicó que no se le victorease más, porque su nombre se había convertido en grito de alarma.

—Buenas tardes —dijo Monsalud levantándose, resuelto a evitar con una retirada brusca el bombardeo de palabras del digno comandante de la Milicia.

—¡Tan pronto!... pero me parece que usted venía a saber algo... No recuerdo ya.

Salvador no pudo contener la risa y repitió las preguntas.

—Gordón, Gordón... —dijo don Benigno acariciándose la boca—. ¡Ah!... ¿Por qué no me lo dijo usted antes?... Ya sé, ya sé dónde está ese joven. Dispense usted, amigo. Tiene uno la cabeza en tal estado...

—¿Vive? ¿En dónde está?

—Si no me engaño, anoche he oído hablar de ese joven a don Patricio Sarmiento.

—Malo, malo.

—No, no se apure usted. Tengo entendido que fue Pujitos quien le encontró en cierta casa... Creo que en la calle de las Veneras. Parece que estaba herido.

—Gracias a Dios. Algo es algo. Corramos allá.

Sin esperar a más, y temiendo que un solo minuto de detención diera aliento a don Benigno para engolfarse en nuevo piélago de comentarios y observaciones políticas, apretole la mano que tenía libre de vendajes y salió a toda prisa, decidido a poner entre su persona y los Cordero toda la distancia posible, siempre que tuviese que hacer averiguaciones en el vasto campo de la Milicia.

XXV

Cuando Salvador se presentó en su casa, después de las pesquisas que hemos descrito y de otras que siguieron a aquellas, iba triste. Sin duda llevaba malas noticias.

—No hay que perder la esperanza, querida Sola —dijo cariñosamente a su hermana—. Las noticias que hoy te traigo son muy buenas. Ya se sabe que no murió en la jornada del 7, que fue herido, aunque levemente; que después de dos días de estar escondido en sitio que se ignora, le cogieron los milicianos al querer entrar en la que fue tu casa. No se sabe más.

—¡Entonces está en Madrid! —manifestó Soledad con sorpresa y mirando con azoramiento a un lado y otro como si temiera ver entrar una visita desagradable.

—Ten calma y paciencia, que ya vendrá —dijo Monsalud observando el rostro de su hermana.

Después añadió, hablando consigo mismo:

—¡Qué propio está el uno para el otro! Será lástima que esta pareja se descabale.

A sus ojos, la huérfana que bajo su amparo exclusivo vivía ya, quizás para siempre, era una criatura de estimables prendas, buena como los ángeles; pero sin ninguno de aquellos encantos que fascinan y encadenan el alma de los hombres; un espíritu superior, pero sin aparente brillo; un entendimiento poco común, pero sin alto vuelo; una sensibilidad más delicada que fogosa y que antes parecía timidez que verdadera sensibilidad; una figura insignificante y dulces facciones ante las cuales podía encender perdurables fuegos la amistad y la fraternidad, pero ni una sola chispa el amor. Tal la veía las pocas veces que acertaba a fijar en ella la voluble atención. Comúnmente no se cuidaba de la existencia de su protegida sino cuando la tenía delante, y si en otras partes de esta historia le vimos ocuparse tan solícita y noblemente de prestarle beneficios, fue porque el sentimiento de caridad era en él muy vivo, y en todas las ocasiones semejantes se manifestaba de la misma manera.

Sin embargo, en aquellos días de residencia en la posesión del Prado Viejo, verificose ligera mudanza en la conducta de Salvador Monsalud con respecto a su hermana adoptiva.

Viósele más expansivo, más locuaz y afectuoso, hasta un grado de vehemencia que la huérfana no había conocido en él sino tratándose de otras personas. Buscaba Salvador la compañía de Solita, lo cual no había hecho nunca, y sus salidas de la casa eran menos frecuentes, menos largas. Encargábale mil faenas domésticas, tonterías y nimiedades que cualquier otra persona podía hacer, pero que a él no le agradaban si no ponía la mano en ellas su intachable y casi perfecta hermana. Hacíale preguntas muy prolijas sobre accidentes lejanos de su vida, de su niñez, sobre todas aquellas partes de sus desgracias de que él no había sido testigo. Una mañana estaban solos bajo la sombra de aquellos altos pinos, que en los días serenos bañaban en Sol su ramaje negro, y en las tristes noches de viento se mecían murmurando. Salvador le habló de este modo:

—Sola, deseo que entre mi madre y tú traméis alguna intriga contra mí.

Ella le miró absorta, porque no comprendía nada de tan extravagantes palabras.

—Sí —prosiguió él—, una intriga contra mí para detenerme, para atarme, porque si no, es posible que haga un gran desatino.

—Pues qué, ¿vas a volar? —preguntó Sola cubriendo con una frase festiva la emoción que llenaba su alma.

—¡A volar! sí; has dicho la palabra propia. Hace días que trato de cortarme yo mismo las alas. ¡Qué tormento, Solita! Tú por fortuna no conoces esto... Anoche, durante las largas horas sin sueño, he estado pensando que mi madre y tú podríais salvarme.

—¿Cómo?

—Encerrándome. Atándome de pies y manos como a los locos.

—Yo no entiendo de esas cosas tan sutiles, si no me las explicas bien —dijo Sola, cuya palidez crecía por momentos.

—Es verdad. Tú eres demasiado buena para comprender esto. Tú no tienes más guía que tu deber. Tu voluntad no se aparta nunca de la ley moral; tú eres un ángel. ¿Qué dirías si me vieras arrastrado a cometer los mayores dislates, conociéndolos y sin poder evitarlos?

—Que eras un hombre débil y menguado. Pero por fortuna no es así.

—Por desgracia es así. Has acertado; me has calificado perfectamente.

—¿Y qué desatino vas a cometer? ¿Es un crimen?

—También puede serlo. ¡Qué desgraciado soy! Me he metido en un torbellino espantoso y no puedo salir de él. Si el hombre tuviera fuerzas para vencer la atracción poderosa que le arrastra de aquí para allí y le hace dar mil y mil vueltas, no sería hombre: sería Dios. Lo que no puede un astro que es tan grande, ¿lo ha de poder un miserable hombre?

—¿Pues no ha de poder? Un astro es un pedrusco y un hombre es un alma —dijo Sola con inspiración.

—Precisamente el alma es la que se pierde, porque es la que se fascina, la que se engaña, la que sueña mil bellezas y superiores goces, la que aspira con sed insaciable a lo que no posee y a hacer posible la imposibilidad, y a querer estar donde no está, y a marchar siempre de esfera en esfera buscando horizontes.

—Pues adelante, sigue. ¿Quién te estorba?

—Nadie... pero yo quisiera que alguien me estorbase, quisiera hallarme en ese estado de esclavitud en que muchos están; tener una cadena al pie como los presidiarios. Puede ser que entonces viviera tranquilo y me curase de este mal de movimiento que ahora me consume. ¿No crees lo mismo?

—Entonces serías más desgraciado —dijo Solita mirando al suelo—, porque la esclavitud no es buena sino cuando es voluntaria.

—Es que yo quisiera que la mía fuese voluntaria. ¡Qué mal me explico! Ello es, amada hermana, que yo quiero y no quiero, deseo y temo, anhelo ir y anhelo quedarme... Es preciso que alguien me ayude. Un hombre abandonado a sí mismo y sin lazo alguno, es el mayor de los desdichados. Ni mi madre ni tú tenéis iniciativa contra mí; ella me deja hacer mi voluntad sin una queja, sin una protesta, y esto no es bueno. Yo quisiera que tú no la imitaras en esto, ¿entiendes? Te autorizo para que te ocupes de mí, para que seas impertinente y me preguntes y me reprendas y averigües y seas una especie de dómine.

—¡Qué cosas tienes! —exclamó Sola riendo, a punto que una súbita y dulce llamarada, saliendo de lo más íntimo de su ser, se extendía por cuanto abarcaba la conciencia de ella misma, estremeciéndola toda, humedeciendo sus ojos y entorpeciendo su lengua—. Yo no sirvo para dómine tuyo, ni yo me puedo entrometer en lo que no me importa.

—Hazte la mosquita muerta —indicó Monsalud sonriendo y en voz baja—. Pues no dejas de ser preguntona.

—Es verdad —dijo Sola con viveza—. Pregunto lo que me interesa, lo que interesaba a mi pobre padre.

—Si él no me perdonó, tú has sido más humana y me has perdonado mi falta sin conocerla.

—Y después que la conozco te la perdono también, —dijo Sola a medias palabras a causa de su mucha emoción.

—¡La conoces tú! —exclamó vivamente Salvador poniéndose pálido.

—Sí. Al fin todo se sabe. Por lo visto la falta de buenos ángeles tutelares que sujeten y corten las alas no es solo de ahora.

Monsalud se levantó bruscamente, y con las manos a la espalda, el ceño fruncido, dio algunos paseos por la huerta, sin alejarse mucho y recorriendo una órbita bastante reducida alrededor de su hermana adoptiva. Esta no se movió ni le miró.

Un instante después el joven se detuvo ante ella, y con familiaridad muy natural le dijo:

—Estoy pensando que si tu primo no quiere parecer, que no parezca. Yo no pienso dar un solo paso más por encontrarle.

—Él se cuida poco de mí —dijo Sola—, cuando no me avisa lo que le pasa, ¿no es verdad?

—Seguramente. Ese joven se porta muy mal; pero muy mal.

XXVI

Salvador estuvo en la casa más tiempo que de ordinario, y al salir regresó más pronto que de costumbre. Mientras estuvo fuera Soledad le acompañó con la imaginación, sin apartarse un punto de su persona, siguiéndole como sigue la esperanza a la desdicha. El pensamiento de la pobre huérfana alzaba atrevidamente el vuelo y sus sentimientos, cual si fueran sustancia material que se dilata, parecía que la llenaban toda con expansión maravillosa, y lo interior de su ser pugnaba por rebasar la estrecha superficie del mismo y echarse fuera. La emoción no la dejaba respirar. Por la tarde sintió necesidad imperiosa de estar sola, de salir de la habitación, que se le empequeñecía más cada vez, y bajó a la huerta. El estado de su alma se avenía a maravilla con la grandeza del cielo inmenso, infinito y la diafanidad del aire claro y libre que a todas partes se extiende. Fuera de la casa y sola se encontró mejor; pero no muy bien. Su alma quería más todavía. Vagó por la huerta largo rato, acompañada de un perrillo que se había hecho su amigo. La tarde era hermosa, y toda la vegetación sonreía.

De pronto Solita sintió pasos junto a la puerta de la tapia. Vio que aquella, con ser tan pesada, se abría ligeramente al impulso de vigorosa mano. Dio la joven algunos pasos hacia la puerta, esperando ver con los ojos del cuerpo a cierta persona; pero se quedó fría, yerta y como sin vida, cuando vio que entraba un hombre negro, mejor dicho, un hombre blanco, rubio, dorado como el marco de un espejo, y todo cubierto por venerables ropas negras, como las de los clérigos vestidos de seglares. Traía un brazo en cabestrillo, formado con un pañuelo negro también.

Era Anatolio.

Acercose el joven guardia; pero Soledad no dio un solo paso hacia él, ¡tanto era su estupor! y no parecía sino que la había clavado en el suelo.

—Prima, señora prima —dijo el joven llevándose al luengo sombrero la mano útil—. Gracias a Dios que nos vemos...

—¡Pobre primo! —balbució Sola—, pero si yo creí... ¿Conque no te ha pasado nada? Pero tienes un brazo vendado.

—Lo del brazo es poca cosa —dijo Gordón—. Aquí en el costado derecho tengo lo peor; pero a Dios gracias no me enterrarán de esta.

—Y estás pálido... Pero, entremos en la casa. Aquí hace mucho calor.

Gordón la siguió y bien pronto prima y primo se sentaban en un mismo sofá. Viendo el semblante de uno y otro no se podía asegurar cuál de los dos estaba más herido.

Sola dijo algunas frases entrecortadas con la mayor turbación. Anatolio habló de esta manera:

—¡Conque ha fallecido mi digno tío!... ¡Dios mío, qué desgracia! Bien decía yo que no estaba bueno.

Sola rompió a llorar.

—Vamos, no te apures, mujer... Eso ya no tiene remedio. Si Dios quiso llevárselo, ¿qué vamos a hacer nosotros? No te aflijas, mujer. Es preciso tener paciencia.

—Mi pobre padre te adoraba —dijo Soledad—. Si le hubieras escrito mientras estuviste en el Pardo, tu carta le habría dado gran consuelo.

—Yo le mandé varios recados con algunos amigos; pero sin duda no se los dieron. El día 7, cuando nos batimos y fuimos derrotados, me escondí en una casa. Curáronme, y el 9 por la noche pude salir y fui a donde tú vivías. Dijéronme lo que había ocurrido. Pues no me ha costado poco trabajo averiguar dónde estás... Pero dime, ¿por qué no sigues en tu casa? ¿qué casa es esta?

De pronto Soledad no supo qué contestar.

150

—Esta casa es de un amigo —dijo al fin.

—Por cierto que no oí hablar a tu señor padre de ningún amigo que tuviese estas casas. Dime, el amigo que te ha traído aquí, ¿era también amigo de tu padre?

—No —repuso Soledad lacónicamente, resistiéndose a la mentira con todas las fuerzas de su alma.

—¿No era amigo de tu padre? —preguntó Anatolio con seriedad que sentaba mal a su agraciado rostro— ¿Pues de quién lo era?... Querida prima, yo tengo que hablarte con franqueza. Yo he venido aquí informado de todo.

—¿De qué, primo?

—Tú dirás que soy un poco brusco porque no sé decir las cosas con maña y rodeos bonitos; pero Dios me ha hecho así, y no lo puedo remediar. Soledad, yo no me puedo casar contigo.

—Anatolio, como tú quieras —repuso la joven, considerando que no podía responder otra cosa.

—Yo he tenido fe en ti; yo te he creído una buena muchacha. Es posible que lo seas; pero yo dudo, y contra la duda ya sabes que no hay fuerzas que puedan luchar.

—Eso es verdad; ¿pero por qué dudas de mí?

—Porque me han dicho... ¡Jesús lo que me han dicho! Antes te informaré de que fui a parar a cierta casa donde vive un hombre honrado, maestro de obra prima, a quien llaman Pujitos, el cual si se ha batido fieramente en las calles contra nosotros, no por eso carece de sentimientos caritativos, y no solo me ocultó en su casa, sino que me ha cuidado como si fuera un hermano... Pues bien, grande amigo de ese señor Pujitos es un tal Lucas Sarmiento, con quien yo anduve a palos cierta noche. Después nos hemos reconciliado, porque el odiar al prójimo a nada conduce. He aquí que Sarmiento me refiere cosas muy raras de ti. Dice que a escondidas de tu padre tenías amistades con un guapo mozo llamado Salvador Monsalud, el cual ha sido tu protector y amparo durante la gran miseria que habéis padecido. Me dijeron que después de muerto tu padre, te trajo a esta casa que es la suya. Yo lo dudaba, lo dudo todavía, querida prima. Dime tú si es cierto.

—Ya lo ves —repuso Soledad serenamente—, esta es su casa.

—¿Y es cierto también que a escondidas de tu padre y sin que él sospechase nada, veías a ese hombre y recibías de él los auxilios que necesitabas?

—Cierto es, primo. ¿Cómo he de negarte lo que no tiene nada de malo?

—¡Nada de malo! —exclamó Gordón abriendo con espanto los ojos—. Señora doña Solita, ¿por quién me toma usted? ¿Se burla usted de mí?

—No, querido primo, no me burlo. Es que si tú no puedes comprender lo que te he dicho, peor para ti.

—Un hombre, un buen mozo, un amiguito que protege a una muchacha a hurtadillas del padre de esta... Ya se ve, ¡cómo había de consentir mi tío semejante infamia!

—¡Primo, mira cómo hablas! No tienes derecho a calificarlo que no conoces —dijo Sola con entereza.

—Sea lo que quiera, prima; yo veo eso muy turbio, pero muy turbio. Por consiguiente...

—Tú podrás verlo turbio, muy turbio o como quieras; pero no formes juicios temerarios.

—Por consiguiente, repito, yo desde este momento retiro mi promesa.

—Eres muy dueño de hacerlo así.

—Ya ves que procedo con franqueza, que me porto decentemente contigo, viniendo aquí, hablándote, diciéndotelo con la mayor claridad.

—Era natural que lo hicieras así.

—Sin embargo, si tú me probaras de una manera evidente que no ha habido culpa en tu conducta...

—¿Y cómo he de probar eso? Mi única prueba es decirte: soy inocente. Si esta no te basta...

—No, no me basta; ¿qué quieres? Somos hombres, y como hombres dudamos, Sola. Para yo sostener mi promesa, es preciso que de un modo irrecusable, positivo, me convenza de tu inocencia.

—Es que yo —dijo Soledad con firmeza—, aunque te convenzas de mi inocencia, no quiero ya casarme contigo...

—¿No? —exclamó Anatolio abriendo toda su boca—. Luego tú tramabas alguna traicioncilla contra mí, en vida de tu padre... ¿Pues no te conformaste...?

—Anatolio, yo te estimaba y te estimo mucho. No me pidas más explicaciones.

—Veo que estoy haciendo un papel desairadísimo —dijo el primo levantándose.

—Nada de eso... De cualquier manera que sea, espero que no me guardes rencor.

—Yo no soy rencoroso. Si algún día me necesitas... puede que me necesites... Pienso dejar el servicio y marcharme a Asturias. No más armas. Digo que si me necesitas... Estaré siempre a tu disposición.

—Adiós, primo.

—Que lo pases bien.

Anatolio, en su tosca naturaleza, no podía disimular que estaba vivamente contrariado, y que sus sentimientos acababan de sufrir un golpe bastante rudo, conmoviéndose en lo que era capaz de conmoverse aquel humano castillo, que si no era de piedra, poco le faltaba.

Saludó con dignidad a su prima.

—Adiós, Anatolio —le dijo esta—. Sabes que te quiero bien.

Gordón repitió sus reverencias; pero no pudo añadir una palabra más. Hasta que le vio atravesar la puerta para salir, Solita no consideró cuán grande era la semejanza de su primo en aquel día con un joven sacerdote vestido de seglar.

XXVII

Salvador entró al anochecer. Soledad, incurriendo en un error, común a todos los que sufren vivas pasiones de ánimo, creyó hallar en su hermano una situación de espíritu semejante a la suya; pero su desengaño fue tan grande como triste cuando le vio taciturno y severo, esquivando la conversación y nada semejante al hombre franco y alegre de aquella misma mañana.

Después de cenar, la huérfana y él se encontraron solos. Hablaron breve rato de cosas indiferentes, y como ella al fin se aventurara a indicar de un modo delicado la extrañeza que le producía ver tan intranquilo al que algunas horas antes parecía sereno y feliz, Monsalud le dijo secamente:

—Mañana hablaremos de eso, Sola. Esta noche no puedo. Estoy en poder del demonio.

Y se retiró. La huérfana permaneció cavilando largo rato. Después sintió voces lejanas, y pasando de una habitación a otra, oyó hablar a la madre y al hijo; pero no pudo entender lo que decían, ni quiso intervenir indiscretamente en aquello que no parecía disputa ni altercado, sino más bien exhortación de la madre al hijo.

Retirose a su cuarto, y toda la noche estuvo sin dormir, dando vueltas en la imaginación a millares de ideas, de cálculos, de figuras, de discursos, que giraban con rápido torbellino alrededor de un hombre. Pudo tener por la mañana algunos instantes de descanso, y cuando se levantó, ya Salvador había salido. La explicación de lo ocurrido la noche anterior, diósela doña Fermina entre lágrimas y con los términos siguientes:

—No le puedo detener... ¡Se nos va!

—¡Se va! —exclamó Sola abrumada de pena.

—¿Quién es capaz de detenerle? ¡Pobre hijo mío! Es un caballo desbocado, un caballo salvaje.

—¿Y a dónde va?

—¿Pues crees tú que yo lo sé? Dice que volverá pronto.

—¿Va solo?

—Se me figura que no... Nada, es locura querer quitarle de la cabeza esta escapatoria tan parecida a las de don Quijote. Sin embargo, a ver si tú le dices algo. Puede que de ti haga más caso que de mí... Entretanto ayúdame a arreglarle la ropa que ha de llevar.

—¿Todo esto?

—Sí... todo esto, hija mía, lo cual me prueba que no le tendremos de vuelta la semana que entra.

El montón de ropa era imponente. Soledad se aterró al verle, y pensó en la apartada América; mas no era posible que se tratase de un viaje tan largo.

—Si así fuera —pensó la infeliz—, entonces sí que no tendría perdón.

Más tarde regresó el joven a la casa, volvió a salir luego, volvió a entrar, recibió diferentes cartas y recados, de los cuales ninguna de las dos mujeres, con ser ambas medianamente curiosas, pudo enterarse. Pareció por último más tranquilo, y cuando se hallaba en su cuarto disponiendo algunos objetos que había mandado traer de la calle de Coloreros, entró Soledad casualmente.

—Hermana —le dijo—, ya sé por mi madre que ayer tarde estuvo aquí el guardia perdido. ¿Qué tal? ¿Estás contenta?

—Como antes —respondió Sola afectando indiferencia.

—¿Qué te ha dicho?

—Que retiraba su promesa, que no hay nada de lo dicho, en una palabra, que no quiere hacerme el honor de casarse conmigo...

—¿Y lo dices así, tan tranquila? —manifestó Salvador con asombro—. Pero mujer, ¿tú has considerado bien...?

—¿Y qué quieres, que llore por él?

—Naturalmente. Pero, ¿qué razón da ese bergante?

—Una que no deja de tener fuerza, para él, se entiende. ¿No ves que he tenido amigos que me han protegido durante mi pobreza? ¿No ves que a escondidas de mi padre, he visitado sola a jóvenes de mundo?

—¡Ah! —gritó Monsalud con viveza y enojo—. ¿Salimos con eso? Pues no faltaba más. Veo que te han calumniado.

Solita salió. Como volviese a entrar al poco rato en busca de una nueva pieza de ropa, Salvador prosiguió:

—Esto no puede quedar así. ¿Has dicho que ese menguado duda de ti? Pues no lo consentiré, no lo consentiré.

—Sí, porque acaso eres tú omnipotente.

—Omnipotente no... ¿De qué te ríes? Vaya que estás de buen humor, cuando te acaba de pasar la gran desgracia de perder al que podías considerar como tu esposo.

—Estoy hecha a las desgracias.

—Pues yo... yo convenceré a tu primo —dijo Monsalud con furor—, yo le pediré cuenta de este desaire que te ha hecho, sin motivo, sin fundamento. ¿Pues qué, no hay más que decir... «rompo mi compromiso porque se me antoja»?

—Me parece que tú sigues en poder del demonio, como anoche —dijo Soledad en tono ligeramente festivo.

—Puede ser, puede ser —repuso él, aplacándose de improviso y cayendo en honda tristeza.

No hablaron más de aquel asunto, y él de ningún otro en lo restante del día, si se exceptúan estas palabras que sonaron en los oídos de la huérfana como campana de funeral:

—Que esté todo preparado para las diez de la noche.

El Sol se puso, vino la noche, y las tres personas que van a cerrar esta historia se hallaban reunidas en el comedor de la casa.

—¿No tomas nada? —preguntó doña Fermina a su hijo.

—Nada —repuso este brevemente.

Paseaba de largo a largo, lentamente, echada la cabeza hacia adelante y las manos cruzadas atrás. Parecía ocupado en contar minuciosamente los ladrillos del piso. Las dos mujeres no hablaban nada, pero con sus alternados suspiros decían más que con cien lenguas.

Un reloj dio las nueve. Salvador se detuvo, y mirando a su madre, pronunció estas palabras:

—No, no puede ser.

—¿Qué? —preguntó la madre.

—Que me vaya.

—Si lo hicieras como lo dices...

—Si no fuera porque es preciso cumplir... —murmuró, y al instante volvió al febril paseo.

—¿Has dado una palabra, una promesa de muchacho casquivano? ¿Eso qué significa?

—No puede ser, no —repetía el joven.

—¿Qué? —preguntó la madre con ansia.

—Quedarme.

—Ahora es lo contrario. Si piensas una cosa, y al cabo de un instante otra... ¿Cómo nos entendemos?

—¡Desgraciado de mí! —exclamó el joven.

—¡Desgraciadas de nosotras! —dijo doña Fermina.

—¿Está mi baúl abajo?

—Está todo como lo has dispuesto.

En la huerta y junto a la verja que daba paso a la calle había una pequeña habitación al modo de portería. El viajero mandó poner en ella su equipaje para que estuviese a mano cuando llegara el mozo que le había de llevar a la posada de donde partiría.

—Es una locura —balbució Salvador.

Y colocándose entre las dos mujeres las miró alternativamente con profundo cariño.

—¿Te vas ya? —indicó la madre con los ojos llenos de lágrimas.

—Abrazadme las dos —dijo Salvador, extendiendo sus dos brazos.

Las dos le abrazaron llorando.

¿Te vas ya?

—No, me quedo. Abrazadme bien y no me dejéis salir.

—¿Qué estás diciendo?

—Que no quiero marcharme; mejor dicho, que quiero y no quiero. Echadme cadenas. Madre, Sola, cerrad las puertas, tratadme como a un miserable loco. No merezco otra cosa.

—Pues se te atará —dijo la madre hecha un mar de lágrimas—. Hijo de mi corazón, ¿por qué eres tan loco?

—Vaya usted a saberlo... ¿Por qué soy loco? Porque sí. Querida Sola, manda cerrar todas las puertas; que no entre nadie, absolutamente nadie, que no llegue a mis oídos ninguna voz, que no reciba ningún recado. Si viene alguien, digan que me he muerto.

—Eso es, Solita, si viene alguien di que se ha muerto.

—¡Si pudiera morir fuera y vivir solo en mi casa!... —murmuró el joven, dejándose caer en una silla—. ¡Qué fatigado estoy! No he viajado aún y me parece que estoy de vuelta.

—Has corrido con la imaginación.

—¿Pero es cierto, hijo mío, es cierto que te quedas? Dime la verdad.

—Me quedo, sí. Debo quedarme. ¿No es verdad, Sola, que debo quedarme?

La huérfana le miró sin pronunciar palabra.

—Tienes razón; es una locura.

Pasó largo rato. Doña Fermina, que no acostumbraba velar más allá de las nueve, tranquilizándose por la resolución de su hijo, se durmió como un ángel.

Despertola Soledad para llevarla a su cama, porque la pobre señora parecía que se rompía el cuello con la inclinación de la soñolienta cabeza.

—¿En dónde está, en dónde está? —murmuró extendiendo las manos.

—Aquí, madre, aquí —dijo Salvador levantándola del sillón y sosteniéndola en sus brazos.

La anciana marchó hacia su alcoba, y poco después dormía profundamente.

XXVIII

Soledad volvió al comedor.

—¿Qué tienes que decir de mí? —le preguntó su hermano adoptivo.

—Contestaré mañana. Hasta ahora no puedo formar juicio —dijo Soledad sonriendo con tristeza.

—¡Dichoso el pájaro prisionero en la jaula! —afirmó Monsalud con vehemencia—. Ese sabe que no puede salir y está libre de los tormentos de la elección de camino.

—Ya he mandado cerrar todas las puertas —insinuó Soledad—. ¿Estás bien así, encerradito?

—Querida hermana —dijo Salvador con afán—, si me pudieras dar tu tranquilidad, tu serenidad, la paz de su espíritu, ¡cuán feliz sería yo!

—¿La paz de mi espíritu? —dijo Soledad con emoción—. Pues tómala.

—¿Cómo?

—Si yo quiero dártela y no la quieres.

—No digas que no la quiero.

—¿No me has dicho ayer que quieres que sea impertinente?

—Sí.

—Pues voy a serlo —dijo la huérfana sonriendo—. Empiezo por mezclarme en tus asuntos, aconsejándote...

—¡Muy bien!

—Más aún, mandando en ti.

—¡Excelente idea!

—Empiezo ahora.

—¿Qué debo hacer?

—Tratar de olvidar todo lo que has visto hoy.

—¡Olvidar! —exclamó Salvador con brío—. Eso no puede ser. ¿Cómo olvidar eso, Sola? ¡Imagina lo más hermoso, lo más seductor, lo mejor que ha hecho Dios, aunque lo haya hecho para perder al hombre!

—Entonces adiós.

—Pues adiós.

Uno y otro se levantaron.

—Márchate de la casa —dijo resueltamente Soledad.

—¿Te enojas...? Vamos, querida hermana, si quisiera huir, me quedaría, por no verte enfadada al volver.

—Es que no me verías más.

—¿De veras?

—No gusto tratar con locos.

—Pues yo siempre lo he sido. A buena hora lo conoces. Yo te prometo que seré razonable.

—¿Lo serás esta noche?

—Te lo prometo.

—¿No harás ninguna locura?

—Haré las menos que pueda. Prometer más, sería necedad.

—Pues adiós.

—¿Te vas?

—Es preciso descansar, hijito. Hoy nos has dado mucho que hacer con tu malhadado viaje.

—Pues adiós. Vengan esos cinco.

Estrecháronse la mano. Desde la puerta, al retirarse, Solita saludó a su amigo diciéndole cariñosamente:

—No será cosa de que me tenga que levantar a echar sermones. ¿Serás juicioso?

—Hasta donde pueda. Ya es bastante, hermanita.

—Me conformo por ahora. Adiós.

Retirose Soledad, pero no se acostó. Estaba inquieta y desconfiaba de las resoluciones de su hermano. Vigilante, con el oído atento a todo rumor y mirando a ratos por la ventana de su cuarto que daba a la huerta, pasó más de una hora. Sintió de improviso el ruido de un coche que se acercaba, y puso atención. El coche paró ante el portalón de la huerta.

Soledad sintió frío en el corazón y un desfallecimiento súbito de su valor moral; pero evocó las fuerzas de su espíritu y salió del cuarto muy quedamente. Cuando estuvo fuera y bajó muy despacio a la huerta, cuando puso los pies en ella, vio que Salvador (¡él era! ¡le reconoció a pesar de la profunda oscuridad de la noche!), avanzaba con rápido paso hacia la verja.

Solita se llenó de pena; quiso gritar; pero la voz de su dignidad le impidió hacerlo. No tenía derecho a ser sino testigo.

Vio que el hortelano avanzaba gruñendo hacia la verja, mandado por Salvador, que se abría la puerta verde, que en un instante sacaban el baúl y lo subían a lo más alto del coche.

Sin poder contenerse corrió hacia allá. Oyó una voz de mujer que decía:

—¿Qué es esto? ¿Te arrepientes?

Y la de Salvador que respondía:

—No... Vamos... En marcha.

El coche partió a escape, y Soledad gritó:

—¡Salvador, Salvador!

Pero esto no lo oyó más que Dios y ella misma, porque lo dijo con la lengua del alma, a punto que su cuerpo caía sin sentido sobre la arena del jardín.

Fin del 7 de julio
Octubre-noviembre de 1876

Libros a la carta

A la carta es un servicio especializado para

empresas,

librerías,

bibliotecas,

editoriales

y centros de enseñanza;

y permite confeccionar libros que, por su formato y concepción, sirven a los propósitos más específicos de estas instituciones.

Las empresas nos encargan ediciones personalizadas para marketing editorial o para regalos institucionales. Y los interesados solicitan, a título personal, ediciones antiguas, o no disponibles en el mercado; y las acompañan con notas y comentarios críticos.

Las ediciones tienen como apoyo un libro de estilo con todo tipo de referencias sobre los criterios de tratamiento tipográfico aplicados a nuestros libros que puede ser consultado en Linkgua-ediciones.com.

Linkgua edita por encargo diferentes versiones de una misma obra con distintos tratamientos ortotipográficos (actualizaciones de carácter divulgativo de un clásico, o versiones estrictamente fieles a la edición original de referencia).

Este servicio de ediciones a la carta le permitirá, si usted se dedica a la enseñanza, tener una forma de hacer pública su interpretación de un texto y, sobre una versión digitalizada «base», usted podrá introducir interpretaciones del texto fuente. Es un tópico que los profesores denuncien en clase los desmanes de una edición, o vayan comentando errores de interpretación de un texto y esta es una solución útil a esa necesidad del mundo académico.

Asimismo publicamos de manera sistemática, en un mismo catálogo, tesis doctorales y actas de congresos académicos, que son distribuidas a través de nuestra Web.

El servicio de «libros a la carta» funciona de dos formas.

1. Tenemos un fondo de libros digitalizados que usted puede personalizar en tiradas de al menos cinco ejemplares. Estas personalizaciones pueden ser de todo tipo: añadir notas de clase para uso de un grupo de estudiantes,

introducir logos corporativos para uso con fines de marketing empresarial, etc. etc.

2. Buscamos libros descatalogados de otras editoriales y los reeditamos en tiradas cortas a petición de un cliente.